Edition bien imprimée, mais très fautive: Plusieurs vers

Rithme

Le Rebours de Matheolus pour soustenir l'honneur des femmes q Matheolus blasme.

Le rebours de matheolus.

¶ Le rebours de matheolus

De femmes sõmes tous venu
Autant les gros q̃ les menus
Pourquoy celluy qui en dit blasme
doit estre repute infame
Car femmes ne sont discordantes
Aux hõmes: mais sont florissãtes
En tout honneur et amytie
Femmes ont des hommes pitie
Et sil aduient q̃ aucune face
Plaisir a lhomme q se mefface
A sa priere et sa requeste
Soy monstrant amyable honneste
Ce procede de charite
Car sans quelque difficulte
Quãt on voit vng hõme en dãger
La femme le doibt soullaiger
De tout son pouoir/car en somme
Il nest rien si semblable a lhomme
Que la femme en aucun lãgaige
On dit q̃ la femme vng mesnaige
Fait ou deffait en brief substance
Lhomme banny de desplaisance
Est par femme resiouy
Se matheolus na iouy
De ces femmes a son plaisir.
Et quilz ayent eu mauluais desir
Enuers luy fault il que les bõnes
A lapetit de ses felonnes
Et despites en soient blasmees
Villipendees et diffamees
La chose nest pas raysõnable
Car vne femme est pitoyble
Doulce gratieuse et plaisante

Tousiours le prouffit desirant.
De la maison par ainsi
Lhomme est hors de peine et soucy
Quāt il veult que sa femme ait charge
De la maison et quil la charge
Des besongnes quil a a faire
Adonc pense de son affaire
Tandis que le mary repose
Et est dedans son cueur enclose
Parfaicte amour et purete
Quant se voit en auctorite
Et quel a bien les mains ou mettre
Mais a ce que pouons congnoistre
Matheolus fut vng ialoux
Jamais ne fut humain ne doux
A ses femmes malles traictoit
Par ainsi leur esprit estoit
Variable parquoy discerne
Ainsi que lhomme se gouuerne
La femme se doit gouuerner
Or ne faisoit que lanterner
Matheolus a ses voisines
Souuent gectoit oeillades mynes.
Tellement que par fantasie
Faisoit entrer en ialousie
Ses femmes qui nauoient pas tort
Car souuent faisoit son accord
Tant que par son subtil blazon
Il portoit hors de sa maison
Ce qui y estoit bien requis
Tellement quil nya aquis
Pas grant honneur/car en effect
Alors que vng homme se forfait
Il donne a sa femme couraige
De prendre ailleurs son aduantaige

Car nature femmes esmeult
Bien souuent se lhomme ne veult.
Acomplir loy de mariage
Auecques eulx il nest pas saige
Car souuent ailleurs se pourvoient
alors qui congnoissent et voient.
Quon tient delles si peu de compte
Pource ie dy que cest grant honte
A matheolus de mesdire
Des femmes/car pour le vray dire
Ilz sont doulces et amyables
Et aucunesfoys veritables
Toutes ne peuent pas estre bonnes
Differentes sont en personnes
Les vnes prennent leurs soulas
Voulans tenir mignons soubz las
Et les aultres nen veullent point
Mais font leur cas si bien a point
Quil nya que redire en elles
Et silz font aulcunes cautelles
Les hommes causent leur malefice
Parquoy les accuser de vice
Cest mal fait ayez y regard
Je vous promectz que le regard
De femme resiouyt en lhomme
Le cueur et lesperit de lhomme.

Mes dames ie requiers mercy
A vous me vueil excuser cy
De ce que sans vostre licence
Jay parle dune grant distance
Et du torment de mariage
Se iay mesdit par mon oultrage
Je puis bien dire sans flater

Que ie nay fait que trãslater
Ce que iay en latin trouue
Assez pourra estre esprouue
Au liure de matheolulle
Il me semble que fẽme nulle
Ne personne qui soit en vie
Ne doibt sur moy auoir enuye
Se den parler ie my suis mys
Je supplie quil me soit remis
Et pardonne de vostre grace
Car ie suis tout pres q̃ ie face
Vng liure pour moy excuser
Ne le me vueillez refuser
Il nest riens qui nait son contraire
Que me vouldroit des premiers traio
Et penser iustement aux choses
Les espines sont pres des roses
Aussi est ortie poignant
Joupte lherbe souefue ioignant
Sans vostre grace ne vueil viure
Et saulcun requiert de ce liure
Comment on larticulera
Je dy quon lappellera
Par droit le traicte resolu
Car pour les dames les lay voulu
De cueur ioyeulx pour leur complaire
Le composer et pour desplaire
A matheolus franchement
Et monstrer especiallement
Que nul ne doibt femme blasmer
Mais la doibt on louer aymer
Cherir honnorer et seruir
Pour mieulx leur grace desseruir
La rayson qui est bien apperte

Sera cy apres descouverte
R, me doint dieu prosperite
Que te soustienne verite
Sicom iadis fist alipie
Qui soubstint la vraye partie
contre pseustis le faulx dathenes
Sur le riuaige des fontaines
De faulx et de vray disputerent
Et pleurs et instrumens gaigerent
Mais alipie eut la victoire
Car verite doit auoir gloire
Tout ainsi q̄ vault mieux liesse
Que ne fait courroux et tristesse.
Verite vint cōtre mensonge
Verite nest fable ne songe.
Cest pl⁹ forte chose qui soit
Si com zorobabel disoit.
A la demande du roy daire
Qui voult vne question faire
Car de force estoit endiscort
Lung dist que le roy estoit fort
Lautre dist q̄ fort est le vin
Et le tiers qui fut le deuin
Dist q̄ les fēmes sont plus fortes.
zorobel contre leurs forces.
Mist verite pl⁹ fort trouuee
Sa sentence fut approuuee
Aristote ayma verite
En ses ditz est bien recite
Qui dist a ceulx qui le prioyent
Et pour socrates supplioiēt
Jaym socrates nen doubtez mye
Mais verite est plus mamye.
Priez dieu qui ma langue tiengne

Et se fait de moy luy souuiengne
Et me face si bien respondre
Quil ne puist a mes dictz confondre
Et que chose ne puisse dire
Ou il ait occasion dire
¶ Le saige dit en lescripture
Que en toute mondaine cure
Il nest riens qui tant doye plaire
Que destre ioyeulx de bien faire
Et descheuer debat et noise
Car longue voye et pluye poise
Et on iouyst de briefuete
Si ne me sera pas griefuete
De ceste matiere abregier
a commencer a sans targer
Proceder vueil sommairement
Matheole premierement
Ce complainct fort de bigamie
Et dit mieulx vault auoir amye
Que despouser vieille moullier
Ses yeulx font sa face moullier
Toutesfoys en espousa vne
Qui fut a sa male fortune
Si aduint ou il demouroit
Que le loup aux aigneaulx couroit
Prins fut les veneurs enqueroient
De quel mort mourir le feroient
Lhomme marie lentendit
Et a son aduis leur tendit
Que qui marier le pourroit
Le loup de male mort mourroit
Grief torment est de mariage
Ainsi disoit par son oultraige
Que la femme a lhomme destriue

Car chair de femme est corrosiue
Et la chair de lhomme degaste
Quant par mariage la taste
Et semble que tes nopces nuysent
Et vertus de lhomme amenuysent
Et dit quil faict bon eschiuer
A son pouoir pour escheuer
Ryen qui faict lhome destruire
Dont toutes ses vertus empire
¶ Des femes disoit maint lait dit
Assez pis que ie nen ay dit
¶ Or venons aux conclusions
Et laissons les illusions
Des exeples de mahieu baille
Et des tensons et de bataille
Et de la femme rioteuse
Et qui est peruerse et iangleuse
Et du coinard qui se marie
Et de casserne et de marie
Et pourquoy la corneille est noire
Telz exemples sont pou a croire.
Ois lacteur qui se vient debatre
Pour les faulx mesdisans abatre
Pour lhoneur des femmes garder
Et po[r] leur blasme retarder.
Se casserne fist mallefice
Celuy soit impute a vice
Car seulle en doit estre pugnye
Les aultres point ny a vnye
A nulles paines miserables
Une legion de dyables
Anges iadis estre souloient
Mais on dit pource quilz vouloient
Estre dieux et sen orguillirent

Tresgrant peche en eulx cuillirent
Com estre per a dieu leur maistre
Qui tous no⁹ fait mourir & naistre
Dieu les fist des cieulx tresbucher
Et en tenebres embucher
Les aultres anges demourerent
Ce peche la ne comparerent
Il sont lassus ou ciel en gloire
Les fēmes eussent eu victoire
Si auec dame leesse
Eust este esloys labesse
Du paraclit qui tant fut saige
De droit de coustume et de vsaige
Car elle estoit philosophesse
Et combien que elle fust professe
Mahieu a methan les menasse
De grans argumens & fallace
Quenuers elles nauront point lieu
La fille maistre iehan andrieu
Qui lisoit les droictz & les loyz
Se leua matin vne foys
Pour monstrer par vraye sentence
Deuant tous en plaine audience
Que fēme est a lame pareille
Et proposa mainte merueille
Tant le iour dura sa lecture
Jusques bien pres de nuyct obscure
Des raysons mist plus de soixante
Voire ce croy plus de septante
Et si bien que continua
Que homme ne la regarda
Fēmes sont de double matiere
Dengin et de science clere
Plaines de science clere

Puis concluoient en verite
Que les hõmes moult les doubterent
Pource que toutes debouterent
De loffice dauocassie
Casserne en fut hors chasse
Son faict aux aultres point ne touche
Et nen doibuent auoir reproche
Si ne fait le iangle marie
On peult dire quelle varie
En disant quelle deuint lepreuse
Pource quainsi estoit iangleuse
Et quant a la corneille noire
Certes ce nest pas chose a croire
Quelle eust oncq̃s este blanche
Si cest du dire grant enfanche
Aussi peult on dire du signe
Qui est grant oysel et begnin
Qui auoit iadis noire plume
Or est blanc par droicte coustume
Et se tout estoit verite
Quanques mahieu a recite
Et dit pour les femmes blasmer
En tous ses dictz na fors que amer
Et procede par si grant ire
Qua peine pourroit il bien dire
Si ne vault son entencion
Et si cestoit sollucion
Des inconueniens doubler
Iay bien cause de le troubler
Et de dire les maulx des homs
Dont ilz sont chargez en grans sons
Des meurdres et des roberies
Des larrecins et des pilleries
Daffins et de faulx tesmoignage

Dauoultries en mariage
De sortilege de poisons
De faulcete de trahysons
Et de plusieurs ennormes crimes
Qui bien les scauroit mettre en rimes
¶ Mais apresent ie men tairay
Et en espace le lairray
Jusqua tant que ien aye affaire
Car on dit bie͂ que pour trop taire
Et par trop parler de sa bouche
Acquiert on dommaige et reprouche
¶ A ce que mathieu nous assault
Et dit que femme parle hault
Pource quelle est dung os fourmee
Je dy tant plus doibt estre aymee
La chose quant elle est plus noble
Aussi comme azur et sinople
Vallent mieulx que charbon et croye
Il nest viuant que bien ne croye
Que femme doibt auoir le los
Pource quelle fut faicte de loz
Et lhomme fut fait de la terre
¶ Pource mathieu en cest point erre
Los est plus noble et si vault mieulx
Pource que la femme en fist dieux
Dedans son paradis terrestre
A cest article ie me arreste
Lhomme fut fait dung peu dordure
Du lymon de la terre dure
Du val de ebron emmy les champs
Par ce point est homs plus meschant
¶ On peult mo͂strer par raisons viues
Que femme a des prerogatiues
Assez plus nobles que na lhomme

En paradis fut faicte comme
Des mains dieu formee et pourtraicte
En sa beaulte non pas pourtraicte
Tem dieu la fist dune coste
I point de noblesse ne luy oste
Plus noble est en toutes places
Dieu fist a fẽmes tant de graces
Que dedans femme voult descēdre
Pour nous et nostre forme prendre
Dedans sa mere vierge et pure
De ce faict se complainct nature
Et sen esbahyst se me semble
Comment fut vierge et mere ensēble
Nostre foy monstre par droicture
Que ce fut par oeuvre divine
Mulier en latin langage
Est dit que lhomme assouage
Et mulier lhomme amolye
Qui en mesdit il faict folie
Et saucun quiert pourquoy fut faicte
La femme de la coste extraicte
Faicte fut du coste de lhomme
Tant par son adiutoire comme
Pour amour et dilection
Et que par bonne affection
Tint a lhomme compaignie
Et aussi pour avoir lignie
Et ne fut pas faict du chief
Pour du seigneur estre le chief
Dieu ne la voult pas asservir
Ne faire des piedz pour servir
Mais du moyen par la maniere
Que dame ne que chamberiere
Avecques lhomme si ne fust

Et quelle feist ce quelle peust
Delez luy pour son plaisir faire
Comme sa compaigne et sa paire
Et souffrit que auec homme gise
Pource que en son coste fut prinse
¶ Et apres leur transgression
Et fut en la subiection
Par coulpe aduit non par nature
Ainsi le nous dit lescripture
Or y a bien cause assignee
Pourquoy fẽme doit estre aymee
Et pourquoy el fut ainsi faicte
Et du coste de lhomme traicte
Plus en dormant que en veillant
Nul ne sen voye esmerueillant
Du faict ne du noble mistere
Qui aduint en ceste matiere
¶ Dieu tout saichant et tout puissant
Et toute chose congnoissant
Au faire voult endormir lhomme
Et le mist en vng si doulx somme
Que quant le coste luy ouurit
Tres doulcement luy entrouurit
Et en osta la coste saine
Que lhomme neust douleur ne peine
Noncques il ne le trauailla
Ne son repos ne perdit oncques
En cest ouuraige desia doncques
Monstra la puissance diuine
Que nous saulver seroit encline
¶ On ne pourroit plus proprement
Figurer le sainct sacrement
De iesuchrist et de leglise

Ceste figure nous est mise
Et par ceste oeuure cest bien mōstree
Que ainsi que femme fut formee
De coste de lhomme endormy
Et que point nen fut estourmy
¶ Tout ainsi est la gloire faicte
Issue formee et extraicte
Des sacremens qui descenditēt
Et du benoist coste yssirent
De iesucrist dormant en croix
Ou il deuint palles et frois
Pour nous sauluer en croix pendit
Car sang et eaue en descendit
Du coste pour nous rachapter
Et des peines denfer oster
¶ Veons son doit femmes hayr
Ne par faulce langue enuahyr
Certes non qui saige seroit
Ja preudhomme les blasmeroit
Se nestoit par correction
Ou secrette confession
Et aussi faict il grant oultraige
Qui diffame le mariage
Sicom maistre mahieu faisoit
¶ De blasmer point ne se taisoit
Et disoit saucun se marie
Et auec femme saparie
Il deuient chetif et quoqus
Ses cheueulx meslez et loqus
Parmy ses espaulles descendent
Ceulx derriere par deuant pendent
Ses souliers et son vestement
Sont vsez / et lentendement
Sen va la face aual baissee

13

Sa iolivete est passee
Et ne peult estre alienee
Femme en mariage donnee
Il convient que len la retiene
Quelque meschief quil en advienne
Et cil quil veult femme prendre
Et qui voit quil ne la peult rendre
Devroit prendre yeulx de beril
Pour mieulx veoir le grant peril
Et dit que tempter ne peult nuyre
Mais mieulx vault / car on se peult
A prendre chose prouffitable / duyre
Ou a laisser le dommageable
Et dit quil est bien peu de femmes
Soient damoyselles ou dames
Qui leurs mariz loyaulment craignent
Combien qui se dueillent ou clament
Racompter vueil dung guerroyeur
Bel et appert et bon guerrier
Pour son fief en debvoit la garde
En passant la dame regarde
Delez son seigneur enfouy
Ses pleurs et son estrif ouy
Courtoysement luy a dit dame
Rapaisez vous priez pour lame
On ne gaigne rien a dueil faire
Elle respond ne men puis taire
Jay perdu le meilleur du monde
O luy en la fosse parfonde
Vouldroye gesir toute morte
Sire gilbert la resconforte
Et dit quun autre trouvera
Aussi bon ou meilleur sera
Aux champs a sa voye tenue

Car la nuyct estoit ia venue
Le larron estoit eueille
Adonc a de paour tremble
Et cuydoit que par son forfait
Ait son chief perdu et forfait
Gilbert retourna arriere
Droit tout pensif au cymetiere
A la dame dist saduenture
Et puis de son chief laduenture
sa complaincte luy publia
Et elle tantost oublia
Son bon mary en esperance
De renouueller alliance
Sire dist elle/nayez soing
Vous seruiray a ce besoing
Du meschief dequoy vous dolez
Se vous pour femme me voulez
Il dist ouy que a bonne chiere
Jusqua la mort et estre en biere
Et fust lhomme mort ce saichez
Dedãs la terre vif cachez
Quant vint la plus ny attendit
Car elle mesme le pendit
Au propre lieu et ou coste
Dont on eut le larron oste
Deux playes luy fist en la teste
Et auec ce la malle beste
Les yeulx luy perca et creua
Par semblãt moult peu luy greua
Sire gilbert nen eut cure
Quant il vit la besongne obscure
Oncques ne luy tint serment
Mais la refusa laidement

Le par exemple bienhayneux
Des mesdisans trop villeneux
Femmes sont esgamment blasmees
Qui bien deussent estre aymees
On leur fait tout contre raison
Se malle femme et mauluais hom
Fait aucun mal particulier
On ne doit pas articuler
Quil soit pour tous consequence
Assez souffist ceste deffence
Celle qui son mary pendit
Surce coulpable se rendit
Le cheualier pecha entant
Quil fut du meffait consentant
Il dist & est chose prouuee
Principallement en mariage
Car dieu en fist le pariage
Et pour bonne responce faire
Vous en mettray vray exemplaire
Deuers la leue en picardie
Aduint vne grant coquardie
Dung cheualier de grant renom
De bailleuf portoit le surnom
Tant ayma vne damoyselle
Pource quelle fut ieune et belle
Que de samour luy fist requeste
Mais lamour estoit deshõneste
Pource quelle auoit vng mary
La damoyselle au cueur marry
Celle estoit plaine de beaulte
Encor auoit plus loyaulte
La requist luy refusa
Et le cheualier laccusa

De crime p faulx tesmoignage
Et fut de si felon courage
Que il la fist ardoir en cendre
A tort et sans raysons entendre
Le mary a la damoyselle
Au roy philippe en fist querelle
Le cheualier fut en prison
Et iuge par sa mesprison
A mener treiner et pendre
Le roy iehan len fist deffendre
Qui estoit duc de normandie
Le cheualier quoy quō die
Fut appoincte sus vne cloye
Po[r] mener pendre droicte voye
Mais le bon duc en eut pitie
Ainsi fut par luy respite

Lucresse aussi qui fut de rōme
Et espousa vng vaillant homme
Loyaulte luy fist en sa vie
Mais a force luy fut rauye
Et oultre son gre efforcee
Si ayma mieulx estre escorchee
Son bon mary la repaisoit
Et lembrassoit et la baisoit
Et luy pardonna le meffait
Que de son gre nauoit pas fait
Rien ny vallut le conforter
Sa hōte ne voult plus porter
Non obstant pardon ne confort
Dung coustel se ferit a mort
Ainsi fina dame lucresse

Peneloppe qui fut de grece
Femme vlixes qui fut moult saige
Se maintint biē en mariage
Vlixes fut a la grant troye
Auec les grecz pour querir proye
Maint peril souffrit en la mer

Penelope de cueur amer
Par dix ans ou plus latendit
Sy loyaulment se deffendit
Quoncques ne se voult marier
Et si bien se garda la dame
Que nul nen deuroit dire blasme
Ung mesdisant fort la tensoit
Pourtant que a vlixes pensoit.
Scila ce dist occist so pere
Auoit en dueil grant vitupere
En ce faict moult se diffama
Par le beau minos quelle ayma
Elle fut trop crueuse beste
Quant de son pere print la teste
Encore dist il aultre laidure
Que femme est de telle nature
Quant son mary est trespasse
paix naura iusq̃s elle ait brasse
Tāt quelle ait prins son ennemy
Et natend ne iour ne demy
Ceulx qui deussent cheuauchie
Sont souuent en leur lict couchie
O mariage le prudent
Ne bien ne raisonny entend
Et que chascune luxurie
¶ Puis parle de la mort vrie
par bersabe sa moullier
Dauid lapperceut despoullier
et lauer dedans la fontaine
Ainsi sa riote demaine
Et sa doloreuse chanson.
¶ Nous ramentoit le fort sanson
Que dalida tondit des forces
Pour luy tollir toutes ses forces

Que luy vault parler de scila
O scet bien que mal dit il a
Car cest fable tout cōtrouuee
Du mensonge de faulx approuuee
Tresbien est aux fables douide
Commēt scila fut par ouide
Et quelle occist nisus sō pere
Mais la mensonge est toute clere
Il dit que scila fut chuete
Qui par iour se tient en muecte
Et nisus deuint espreuier
Cela ne fait mal reprouuer
Quant aux femmes vituperer
Lon ny doit point obtemperer
Et aulcunes se remarient
Ou par muablete varient
Pource naduient il pas a toutes
Sil ya de mauuaises gloutes
Plus ya de mauuais gloutōs
Es hommes de ce ne doubtons
certes fēmes sont moult courtoises
Dames damoyselles & bourgoises
Se aulcun selon leur estat
Dieu vueille amender le restat
Et se dauid donna la lettre
Pour vrias a la mort mettre
Bersabee nen fut pas coupable
Se fist ioab le connestable
Des hōmes trouues en ses destrois
En la bible au liure des roys
Se le fort sanson fut tondus
Et par dalida confondus
Sāxon en fut cause en partie
De sa femme en fist departie

Malgre ses parens delaissa
De querir fême ne cessa
Si trouua dalida la folle
Il se deceupt de sa parolle
Car ses ennemys saccointerent
Dalida et luy presenterent
Des dons pour le secret scauoir
Que sanson fort pensoit auoir
Pour le lyer par force ou prendre
Si quil ne se peust deffendre
Elle fist tant par ses blandisses
Que sanson comme folz et nices
De ses forces dist la choison
En bouche ny ot point de cloison
Car contre son bien respondit
Et elle en dormant le tondit
Par ce fut prins et si greuez
Quil en eut les deux yeulx creuez
De bon droit souffrit son orage
Quant il laissa son mariage
Pour vne folle femme aymer
De ce doit on foison blasmer
Qui estoit iuge disrael
Il fut batu de son flayel
Cest dict aux femmes point ne nuyt
Mais les hommes enseignent et duyt
Que leurs secretz point ne reuellent
Et au mieulx qui peuent les cellent
Nous auons chascuniour a prime
Linguam refrenas temperet
Ne litis horror insonet
Mathieu par felonnie dit
Que salomon fist vng esdit
Que tous vielz hommes de cent ans

Fussent mis a mort en son temps
Sur peine dindigniation
Apres la publication
Ung ieune filz mussa son pere
Pour escheuer telle misere
Secretement luy queroit viures
Son pere luy aprint ces liures
Tant quil deuint discret & saige
Salomon enquist de louurage
Le ieune homme fist adiourner
Et luy enioint sans seiourner
Sur quanque a luy estoit tenuz
Qui ne venist a luy vestu ne nuz
Na pie na cheual ne iument
Et luy dist par son argumēt
Que son seigneur et sō amy
Menast auec son ennemy
Le ieune homme sappareilla
A son pere se conseilla
Dune retz se vestit moult bien
Son filz son beuf et son chien
Et sa femme auec luy au duyt
Le pere saigemēt le duyt
Au roy monstra au doy sa fēme
Et iura quōques par son ame
Plus grant ennemy ne sentit
Elle tantost le demantit
Et il luy donna vne buffe
Quelle ne tint pas a truffe
Au roy dist sire faictes prēdre
Ce larron et le faictes pendre
Certes il a enclos son pere
Si doit mourir de mort amere
Le roy sen rit quant il ouyt

C ii.

Et en son cueur sen resiouyt
Ne scay pourquoy homme se deult
Et ne dit il pas quil ne veult
Ses secretz oultre sa deffence
Le bon homme fist grãt offence
De ce que sa femme batit
Deuant le roy qui rabatit
Leur noise et nen fist que rire
Quen peuent donc les medisãs dire
Fors quon doit chascun iour aprendre
Quon se peult garder de mesprendre
Item le mesdisant fait noise
Que selon ledict sainct ambroise
On ne doit nul homme prier
Ne enhorter de marier
Pour les mesdisans qui en viennent
Car par mal conseil se tiennent
Ceulx q̃ se mectent en tel ordre
Ilz ne cesseroit ia de mordre
Et mauldite comme ennemys
Tous ceulx qui sen sont entremys
Et quant le mary gist en biere
La femme et auant et arriere
Quiert cõment se puist marier
Et assez le fait marier
Quant il aduiẽt que elle pleure
A peine attent ne iour ne heure
Et tant de marier est haste
Quelle en prent vng q̃ tout luy gaste
Encor luy dit il mainte friuolle
Et dit quil nest beste si folle
Que femme vefue reparee
Ne sen tient pas iour esgaree
Souuent se renouuelle ⁊ change

Et print cheueleuse estrãge
Et aussi que la louue gloute
Se print a pire de la route
Jadis souloit estre aultrement
Ung an y auoit proprement
Que femme son mary ploroit
Qui en la guerre sen alloit
Or ny a mais troys iours despace
Et se plus querez qui le face
Les veufues par ardeur effrontent
Sus les maisõs rãpent ⁊ montẽt
Aussi que les roynes degypte
Nont cure de lict ne de giste
Sil ny a masles auec elles
Qui cuydoit quelles fussẽt telles
De tel estat ne de tel estre
Saict aquaire ayma mieulx estre
Garde des derues entragiez
Que des veufues estre chargiez
Car desrayees sont et sans bien
Si nen voult estre gardien
Des fẽmes dit en plusieurs guises
Et comment querent les eglises
Et se vont monstrant par la voye
Chascune veult bien quõ la voye
Mais les reliḡs naymẽt gueres
Les freres ne les saintuaires
Plus aymẽt les clercz ⁊ les p̄stres
Et les sauuẽt dedãs leurs estres
Nya nulle qui sen effroye
Les ribaulx querent leur proye
Aulcuns en mectent souuines
Se ne sont pas oeuures diuines
Qui en leglise acheteroit

Vng cheual il se messeroit
Mais assez est plus a deffendre
Que femme ne si doibt vendre
Elles sont de la dieu maison
Bordel contre dieu et rayson
Bien deussent estre doloreuses
Elles vont comme peu honteses
Par les eglises de paris
Se nest mye pour leurs mariz
Mahieu dit par saict nicolas
Que cest pour auoir leurs soulas
La faignant estre catholicques
Souuent visitent les reliqs
Qui sont en la saincte chappelle
Chascune sa commere y appelle
Ou aultre de son voisinage
Pour aller en pelerinage
Clerement y respondray
Gueres sur ce narresteray
Se nest mye trop grant offence
Qui trespasseroit la deffence
De ce que dit que saict ambroise
Ce ne vault pas vne framboyse
Car sainct pol dit au contraire
Le ql vault il mieulx dōcqs faire
Sainct pol loue mariage
Po' trop grāt chaleur fait ōbrage
Jen parleray plus plainement
Aincoys que soye au finement
Vous auez tout a vne foys
Ce quē diray a haulte voix
Se femme tost se marie
Cest bon quant elle droit charie
Maincte foys est as ce menee

Et le blandist et puis le flate
Dessoubz luy se mect toute plate
Et dou ie suis en tō demeine
Force damour a ce me maine
¶ Et quāt lhōme veult aprouchier
Elle luy deffend le toucher
Derriere se traict le dos luy to'ne
Et pleure comme teste et morne
Sēblāt fait que moult soit trobule
Lors est la riotte doublee
Quant elle est vng bienpeu tenue
Elle dist que ie suis tenue
Lasse ie suis ta chamberiere
Je vouldroye biē estre arriere
Noyee dedans vne fosse
La chose seroit grosse
Que ie ne pourroye celer
Et riēs ne me veulx reueller
Car nostre amo² nest pas pareille
Puis que tu faitz la sourde oreille.
¶ Lhomme sesbahyst a se pense
Alencontre ne scet deffence
Si luy dit tournez vous decza
Si courrouce ne fut piecza
Il nest riens que iaye tant chere
A son mary tourne la chere
Et puis luy tēt bouche et poictrine
Bien le decoit par sa doctrine
Tant luy requiert tāt luy supplie
Quil luy dit tout si fait folie
Car depuis est dame et maistresse
Et il est serf a grant tristesse
La respōce en est assez briefue
Tenir sa langue point ne greue

Se les femmes sont souuent prestes
De faire a leurs hommes requestes
Qui puisse tourner au contraire
Il ny a fors que du bien taire
Bien celer en est medecine
Se femme est par nature encline
Que les secretz vueille scauoir
Lhomme doit tant de sens auoir
Que son secret puist bien celer
On ne le doibt point reueler
¶ De sanson le pouez apprendre
Quon se doit garder de mesprendre
¶ Or dit que hom ne peult dieu seruir
Qui a femme se veult asseruir
Car tousiours de plus de nul cures
Qui luy sont gracieuses et dures
Est empeschiez a sa pensee
Il veult complaire a lespousee
Querir luy fault vestir et viure
Ainsi nest pas du tout deliure
Homs sans fême peult mieulx entêdre
A seruir de cueur souppie et têdre
¶ Nostre seigneur en saincte eglise
Que ne faict cil qui femme a prinse
Apres racompte de la sene
Ou dieu nous appelle et assene
Et que la sene signifie
Soupper en pardurable vie
A la table de paradis
Et que ia ny en aura dix
De tous hommes qui se marient
Puis que femmes les contrarient
Ad ce respond incontinent
Que larticle est impartinent

A la fin ou mahieu veult tendre
Et sil luy conuient deffendre
Et dist que homs que femme aprise
Ne doit pas seruir en leglise
Mais sil y doit seruir loffice
Qui est tenu du benefice
Et lhomme mis en mariage
Doit curer pour son mesnage
On doit viure sans quon le sonne
Selon lestat de sa personne
¶ Et quant est au faict de la cene
Ou il dit que dieu nous assene
De leuangille est la parolle
Par maniere de parabolle
Vng homme fist vng grant soupper
Ou pays not pareil ou per
Et a ses sergens commanda
Querir tous ceulx quil y manda
¶ Vng qui lors marie estoit
Que le sergent admonnestoit
Dy aller pas ne refusa
Mais courtoysement se excusa
Et dist aller ny puis par mame
Jay auiourdhuy espouse fēme
Ce fut iuste excusacion
Que vault ceste narration
Se le mary ne peult mye
Aller en celle compaignie
Aux aultres ne sans preiudice
Ne ce ne seroit pas iustice
Ne on ne se doit pas adherdre
Que les mariez doibuent perdre
Le souper et la saincte table
De paradis tres delectable

D.i.

Ne le dict que mahieu conte
Ne faict aux femmes point de honte
¶ Item il dit en la morsure
Que la femme de sa nature
Tout ce quon luy deffent veult faire
Et nous en mect bon exemplaire.
Dung homme qui le veult prouuer
De fort venin quil peult trouuer
Brassa que plus ny attendit
Et a sa femme deffendit
Quelle ne touchast au vaissel
Elle doubta pour le faissel
Et en vint contre sa deffence
Pour a son mary faire offence
¶ Orpheus scauoit le theroique
Et tous instrumens de musique
Sa femme erudis appelle
Estoit en enfer hostelle
Orpheus sen alla a la porte
Denfer pour auoir sa consorte
A bien iouer moult entendit
Si bien ioua quon luy rendit
Sa femme par telle maniere
Que celle regardoit derriere
Que retourner la conuiēdroit
Et que iamais nen reuiēdroit
Erudis eut peu de sciēce
Si ne voult faire obeyssance
Dedans enfer fut ramenee
La fille de malheure nee
Assuerus roy de mede
Oncques ne peut mectre remede
Que sa femme par sa puissance
Luy voulsist faire obeissance

Vasty auoit en nom la royne
Par orgueil tourna en ruine
Elle ne voult a luy venir
Ne son commandemēt tenir
Mais pleinement le refusa
Et pource le roy laccusa
Du royaulme fut hors boutee
Et des aultres au doy monstree
Et plustost sa main tendit
Au fruict que dieu luy deffendit
Si le fruict habandonne eust
De paradis chassee ne fust
La fēme loth mal se garda
Quāt derriere soy regarda
Sadome la cite bruye
Dont elle estoit hors affuye
Vng ange qui les cōduysoit
De par dieu la femme induysoit
Que plus illec ne seiournast
Et que pource ne sē tournast
Que mal nen venist prestement
Contre son admonnestemēt
Retourna pour veoir la flamme
Royde deuint comme vne lame
Certes qui ne respondroit
Et les femmes excuseroit
Sur ceste desobeyssance
Ce seroit trop grant ygnorance
Car bien y chiet responce ycelle
¶ Quant dieu eut mis lame immortelle
Dedans le corps dhomme et de femme
Par amours qui les cueurs enflame
Il leur donna de bon couraige
A chascun par franc arbitraige

Que bien ⁊ mal ilz peussent faire
¶ Qui dit bien ⁊ fait au cõtraire
Soit malle fẽme ou mauluais hõ
Retourner sen doit a rayson
Affin que quant il se deuoye
Que rayson le remecte a voye
Car voulẽte ou mal encline
Contre rayson souuent domine
Touteffoys que rayson domine
Par inclination humaine
Et qui en tout temps bien feroit
Et point ne se desuoyroit
Ce seroit par diuinite
Non mye par humanite
¶ Pource les fẽmes ont puissãce
De faire desobeyssance
En vsant de leur franc vouloir
Toutesuoyes ce peult douloir
Quelles sont en subiection
Des hommes par transgression
Et qui cõmandement feroit
Qui par droit iuste ne seroit
Il ny auoit pas grant offence
A trespasser telle deffence
¶ Les hõmes scauent bien ꝑ eulx
Tant soient les ieunes ou les vieulx
La subiection excepter
Dont la femme est suppe[illegible]ter
Et selon le droit de nature.
La femme peult de sa sainture
Du mal ou du bien procurer
Se raysõ le veult endurer
Et selle ne veult si sen aille
Ou elle trouueroit bataille

Car dieu a es femmes plante
Moins rayson et plus voulēte
Ne rayson na point de maistresse
Dont doit auoir plus de franchise
Voulente ne peult nulz cōtraindre
Mais le fait peut le bien retraidre
Voulente si veult estre dame
Quoy quil en soit ou loz ou blasme
¶ Se lhomme qui auoit la hayne
A sa femme en facon villaine
Luy apresta venin pour boire
Et aumoire ou en ciuoire
Le mist en vaissel par malice
Elle en beut ce fut par le vice
De lhomme qui luy deffendit
Car trop faulcement luy rendit
De sa hayne la vengence
Elle auoit du fait ignorance
Car ce le venin eust sceu
Sa fēme iamais nen eust beu
Ai si fut lhomme coulpable
Par son vice & son fait damphable
Bien auoit desseruy a pendre
Quant le vray ne luy sceut entēdre
Ou y auoit peril de mort
Il machina cōtre elle a tort
¶ Dorpheus & de sespousee
Cest farde de bourde arousee
Car ce seroit contre nature
Se vne mortelle creature
Apres sa mort venoit a vie
Quāt lame est du corps rauie
Il conuiendroit bien flaioller
Et veiller et cithariller

Qui pource la pourroit auoir
En luy a moult peu de scauoir
¶ Lhoms qui de telz exẽples vse
Il fait bien entendre a la muse
Le ditz aux fẽmes point ne nuyset
Ne leurs vert⁹ point namenuyset
Et ou la royne vasty
Encontre son mary hasty
Plaine dorgueil et de desroy
Du tẽps que assueres le roy
Vng certainiour tint sa grãt feste
Elle eut courõne sur sa teste
Il la manda quelle y venist
Et la feste en ioye tenist
Elle le sceut bien refuser
Noncques ne sen voult excuser
Peult estre il luy mescheyt
Pource quelle desobeyt
¶ Du dieu ainsi en ordonna
Et a ce fait lamena
Pour donner aux autres exẽples
Et la cause y est assez ample
Se vasty perdit sa couronne
Ainsi on descent la personne
Par orgueil et fragilite
¶ Aussi par grant humilite
Mõta hester qui en fut royne
Elle fut a bien faire encline
Et fist deliurer mardochee
Et amen a malle souldee
Car il fut au gibet pendu
Mardochee en fut deffendu
Hester fut de noble lignee
Bien aprinse et bien enseignee

Au roy fist humble obeyssance
Et il en eut bien cognoissance
Car le peuple isralien
Fist deliurer hors du lyen
De prison et de chetiuete
Par sa grant debonnairete
Contre Vasti doibt estre mise
Hester celle noble iuyse
Et doibt on honnorer les femmes
Sans en dire mal ne diffames
Tout ce que mahieu a dit de eue
Ne monte pas a vne feue
Quant aux aultres femmes blasmer
Car dieu qui tant nous voult amer
Par dessus toutes creatures
Et scauoit les choses futures
Les passees et les presentes
Auoit ia plante plusieurs entes,
Dedans le paradis terrestre
Bien scauoit quil en pourroit estre
Et comment adam mengeroit
Du fruict quant luy demanderoit
Quant eue induit le premier hõme
A mordre dedãs vne pomme
Pource voult dieu ca ius descẽdre
En femme a nostre forme prendre
Pour nous rendre nostre heritage
Et satiffaire de loutraige
Du delict et de la morsure
Pour nous deliurer de mort sure
Encroix si est que homs entende
Que dieu pour luy paye lamende
Et quant dieu la voult amender
On ne doit plus riens demander

Car la coulpe de lhomme y pent
Du meffait fut participant
Et se la femme de loth sceust
Que pour soy retourner el deust
Deuenir roide comme pierre
Point ne leust faict par sainct pierre
Et se derriere soy regardoit
Sadonne qui en flãme ardoit
Ce ne fut pas trop grant merueilles
Peu de chose le cueur resueille
A regarder ⁊ a veiller
Si nen doit nul sesmerueiller
Et lange qui les conduysoit
Tousiours en forme dhomme estoit
Dont ne cuydoit pas tant mesprendre
Si peult on aultrement entendre
Que dieu le voult q̇ tout scauoit
Car des lois pourueu y auoit
Que loht le nepueu dabraham
Qui auoit souffert grant hahan
O ses filles habiteroit
Dont deux lignages en ystroit
Et que se loht sa femme eust
Auecques ses filles ne geust
Leurs deux filz si eurent a nom
Le premier moab/lautre amom
De moab sont les moabites
Et damon sont les amonytes
Ces deux la terre nous remplirent
Dont maintes guerres sourdirent
¶ Par ce que ie dy et diray
Et que par droit sentier yray
Sont les femmes bien excusees
Sans estre iamais accusees

De blasme ne de vilenie
Et qui mal en dit ie le nye
Car dobeyr sont assez prestes
Saiges/courtoyses et honnestes
Maistre mathieu de langue hayne
Sur les femmes poinct et retine
Et dit quelles sont enuyeuses
Mesdisans et malicieuses
Et quainsi soit examine
Une femme sienne voisine
Son dit quelle est bonne et belle
Doulce/plaisante/simple/& telle
Quon la doit louer:et aymer
Toutes fẽmes loirez blasmer
Et cõtre elles se courroucier
Vers sa fẽme nosoit groncier
Trop sacoustuma a mesdire
Je croy qui le faisoit par yre
Et disoit cil est papelart
Qui des fẽmes ne hait pas le lart
Cil qui lyroit dedans son liure
Des femmes en seroit deliure
Trop en mesdist trop en parla
En dictz par cy et par la
Principallement de leur tencon
En ce cas na point de rancon
Lors conuient que lhõme senfuye
Il dit que fumee & la pluye
Et femmes tensant sans raison
Chassent lhomme de sa maison
Car la femme si tence et bat
Ou elle commence le debat
Leaue pourrist et la fumiere
Empire des yeulx la lumiere

Et les faict par force plourer
Ainsi ny peult plus demourer
Et affin que la tencon preuue
Elle fainct souuent quelle treuue
Son mary prins en resuerie
Et contre luy content et crie
Dexemples mectre se traueille
Tant en mect que cest grãt merueille
¶ Il dit quon peult bestes sauuaiges
Dompter par lyens et par cages
Et mener a humilite
Par art ou par subtillite
Et ne peult en faire despence
A les dompter qui bien y pense
Exẽple nous mect dũg ieune homme
Je ne scay comment on le nomme
De montereul moult merueilleux
Furieux estoit et batailleux
Et ne queroit que la bataille
Il ne doubtoit estoc ne taille
Tant alla et tant charia
Que en la fin se maria
Quant il fut du lyen lye
Dompte fut et humilie
Et disoit le soleil leuer
Pour tant pouoit de dueil creuer
Mes dames iay pou vous contendu
Et petitement deffendu
Jusques cy / mais ne vous desplaise
Prest suis que ie vous en rappaise
Car iay assez temps et saison
Et ie men raporte a raison
Et vseray de grans maximes
Pour donner couleur a mes rymes
Et pour les mesdisans destruire

Que iamais ne vous puissent nuyre
Je respondray de clause en clause
Le decret en lōziesme clause
Et en la tierce question
Mais fais ceste narration
Quant on veult louer ou blasmer
Ce quon veult hayr ou amer
Chascun doibt pour loyal secours
A sa pensee auoir recours
Cest a sa propre conscience
De bien et de mal ainsi en ce
Que ce bien nest en nous trouue
Tel dont nous sommes aprouue
Nous deuōs grant tristesse auoir
Car noz meffaictz pouōs scauoir
Ainsi deuons de ioye rire
Se le mal que nous oyons dire
De nous si ny est apperceu
Naucunemēt trouue ne sceu
Sainct pol en fait bōne memoire
Et nous dit que cest nostre gloire
Tesmoing de nostre conscience
Et iob parfait en patience
Dit que sō tesmoing est es cieulx
Car cil qui tout scait ce est dieux
Au ciel est tesmoing nostre sire
Si gardons que nous deuōs dire
Commēt est donc homme mortel
Si hardy quil dōne mors tel
Quil ose femme despriser
Ne sa faulce langue aguiser
Pour en dire mal ne laidure
Dauid en dit en lescripture
Les pecheurs sont estrangez

E ii.

Car hors du ventre sont changez
Et ont erre contre nature
Ne souuient a la creature
Dont elle vient quant elle est nee
Cest faulsete desordonnee
Fol est cil qui soy mesme blasme
Et le lieu dont il naist diffame
Ung prouerbe nous est donnez
Cest ce quelcun couppe son nez
Trop laydement sa face empire
Ainsi ne peut homme mesdire
De fēme quil ne se meffface
Fol est dōc qui coupe sa face
Mahieu dit/femme est tenceresse
Et mesdisant et iangleresse
Cafferne ouura tant nicement
Son cul monstra en iugement
Quāt par elle fut femme chassie
Et priuee dauocassie
A toutes femmes fist dommage
Par sa langue et son oultrage
Par droict comme iay entendu
Leur est a tousiours deffēdu
Des iugemens examiner
Et des causes patrociner
¶ Aussi dit il que une iuyse
Marie la seur de moyse
Iangleresse fut et orgueilleuse
Par sa langue deuint lepreuse
Et la corneille qui fut blanche
Deuint noire ꝛ dautre semblāce
Il aduint par sa ianglerie
Et par sa faulce menterie
Et qui vouldroit dieu accuser

Il ne se pourroit excuser
Quil naymast les femmes peruerses
Et leur donnast langues diuerses
¶ Mahieu en son intencion
Faict apres vne question
Pourquoy femmes sont noiseuses
Plaines de parolles oyseuses
Et plus iangleuses que les hommes
Car elles sont dos et nous sommes
Faictz de terre en nostre personne
Et los plus hault que terre sonne
Ses exemples mect vng a vng
Et suyt maistre iehan de mehun
Quant au faict de ialousie
Que cil est fol qui se marie
Ultre exemple en faisoit scauoir
Vng hom voult trois fẽmes auoir
Car il perdit son priuilege
Et deuint homme de nege
Quant il demoura sans tonsure
De clerc / lors luy sembla trop sure
De gregoire la decretalle
Dautre part estoit triste et palle
Quil ne pouoit en nulle guise
Recouurer des clercz la franchise
Trop se lya de fors lyans
Exemple mect des anciens
Comment iacob auec lya
Et puis a rachel se lya
Et helcana espousa anne
Et puis eut a fẽme susãne
¶ Les sainctz peres du temps iadis
Que dieu mist en son paradis

Tout ainsi le faisoient adez
Sans estre damours desgardez
Et lameth apres nous racompte
Et dit que bien deust auoir honte
De corps & grant torment a lame
Quant il fut le premier bigame
¶ Lameth espousa selle & ade
Pour ce meffaict fut plus malade
Que pource que cayn tua
Bigame peu de vertu a
Il est subiect a la gent laye
Et ne peult guarir de la playe
Dont mahieu fort se desconforte
En son lict: auquel me rapporte
A ce respond dame leesse
Plaine de sens et de noblesse
Car elle est de meurs aornee
Dont noblesse luy est donnee
Et monstre par argumēt fort
Que maistre mahieu auoit tort
De lamenter et de plourer
Et plus grāt tort de labourer
Pour imposer aux fēmes blasme
Trespasse est dieu en ait lame
Quant il prit veufue en mariage
Des lors estoit il fort en aage
¶ Regnant entre les aduocatz
Telz parolles font bien au cas
Il scauoit les droictz exposer
Et les disiunctions gloser
Et scauoit en loy chrestienne
La sanction gregorianne
Et po' quoy hōme est faict bigame
Sur luy en doit tourner le blasme

Se blasme y auoit dauenture
Qui nest pa' blasme par droicture
¶ Et sil y a deception
Ny eschet restitution
Deboute est du benefice
Et dautrepart ie luy obice
quen ce nauroit fraulde ne iniure
Sicomme il mesmes le iure
Et faisoit bien ce quil faisoit
Et que le contrat luy plaisoit
Il le voult il le consentit
Dont ce depuis sen repentit
Raison peult bien apperceuoir
Que ce ne faict a receuoir
Tart main a cul quât pet est hors
Ce prouerbe est assez hors
Il couuoita tant perrenelle
Pource quelle luy sembla belle
De facon et de contenance
Qui au doiz prenoit grât plaisâce
En remirant la pourtraicture
Dũg des plꝰ beaulx veoir de nature
Quil sceust lors en tout le monde
Car la cheueleure blonde
Resplandissant bien aornee
Qui lors sembloit estre atournee
Le front comble nect et poly
Le sourcil plaisant et ioly
Les beaulx yeulx doulx ⁊ rians
Amoureusement guerroyans
Le nez bien faict ⁊ la bouchete
Vermeillete/riant doulcete
Souef flairant par dedans
Tresbien ordonnee/les dens

Bien assiz et plus blanches/que yuoire
Et les oreilles mieulx encoir
Ou il napparoist nerf ne vaine
La gorgette polye et plaine
Le col blanc rondet par derriere
Les espaulles ⁊ la maniere
Des bras soupples pour acoller
Quon nen pourroit pl⁹ beaulx voller
La main blanche/les doiz traictz
Les costes longues/le corps faictz
Et la facon de la poictrine
Paree de double tetine
Rondette/poignante:acslite
Ne trop grant ne trop petite
Desprit la maniere seure
Et de rains la compasseure
Ne trop large ne trop estroicte
Les beaulx piedz ⁊ la iambe droicte
Et tout ce qui dehors paroit
De si grant beaulte la paroit
Quil ny auoit point de deffaulte
Ne fut trop basse ne trop haulte
Se dehors fut belle sans lobe
La beaulte de dessoubz la robe
Deust bien estre consideree
Car sa noble taille paree
Designoit la belle chair nue
Ne trop mesgre ne trop charnue
La mote ⁊ les choses secrettes
Que scauent personnes discrettes
Conuenables a leurs delitz
Les roses ⁊ les fleurs de lys
Estriuoient pour sa couleur
De la sourdit la grant douleur

Dõt mahieu fist vng grãt chapitre
Sa cõplaincte na point de tiltre
On ne doit mie tant amer
Quon face de son doulx amer
Ne nul homs ne doit soustenir
Quil pẽse fors que bien venir
Quant homs par bonne affectiõ
Pour bien et pour dilection
Present sa femme bonne ꝛ hõneste
Sicom nostre foy ladmõneste
Et des exemples qui la mect
Et de cayn et de lameth
Ilz nont point lieu au cas present
Ja nen deust faire pñsent
Car les gens lors sans loy estoiẽt
Et toute leur cure mettoient
A acomplir leur voulente
Des maulx faisoiẽt a plante
Tãt quon dit qua dieu en despleut
Pour ce sur eulx tonna ꝛ plut
Et les noya tous par deluge
En larche en mist huyt a refuge
Pour le sciecle continuer
Et puis leur fist insignuer
Loy quon dit la loy ancienne
Or auons nous loy crestiẽne
En crist fondee sur rayson
Et ses commandemẽs faison
Se nous tenons les bons vsages
De leglise ꝛ des mariages
Se sera nostre sauuement
¶ Et se dexemples autrement
Vielz et nouueaulx voulez scauoir
Par dauid en pourrez auoir

Qui de son gre se bigama
Pour bersabee quil ayma
Qui pour lors estoit femme vrie
Vng cheualier de sa mesgnie
En vng iardin estoit venue
Le roy choisit la dame nue
Qui se lauoit a la fontaine
De si grant beaulte estoit pleine
Que par amour la couuoyta
Sa femme en fist tant exploicta
Et eurent de leur mariage
Vng filz roy salomon le sage
Et sil y eut en ce aucun vice
Dauid fut cause du malice
La dame nen fut point coupable
Cest exemple nest mye fable
Aussi le conte dalencon
Tout par amour et sans tencon
Ayma destemples la cõtesse
Qui de beaulte sembla deesse
Par hõneur espousa la dame
Nulz hõs nẽ pourroit dire blasme
Car en eulx fut toute largesse
Beaulte bonte et gentillesse
Qui contredit il est coquart
Je voy messire anceau coquart
Bon clerc ioly faitiz et droiz
Bien scauoit lung et lautre droitz
Et le canon et le ciuil
Not pas mariage si vil
Quil ne print marote a femme
Depuis la belle sans diffame
Quant messire anceau deceda
En bons meurs si bien proceda

Dauec celle qui fut sage & bonne
Que pour amour de sa personne
Messire estienne de la grãge
De celle ne se fist estrange
Mais lespousa comme samye
Non contennant la bigamye
Maistre pierre de rochefort ,
Saige de loix bel homme et fort
Sa fille eust/sans en mesdisant
Estoit si belle et si plaisant
Femenine doulce et benigne
Que vng roy auoir estoit digne
Sa luy se eust volu marier
Mais depuis le fist varier
Car elle deuint tant ripeuse
Corbe/bossue et tripeuse
Deffiguree et contrefaicte
Que sembloit vne contraicte
Trop estoit laide deuenue
Hideuse ridee & chanue
Et a regarder moult hydeuse
Et par dedans trop mal paisible
Du pis quelle pouoit en disoit
Et en tous cas la desprisoit
Tout courrouce & mal estable
Mist en son liure mainte fable
Pour ses dictz en vertu tenir
Qui ne sont pas a soustenir
Du preiudice de mes dames
Que dieu vueille garder de blasmes
A quoy on peult respondre et dire
Pour son propos tout desconfire
Nest pas temps que nous nous taisons
¶ Il a en lan quatre saisons

Printemps pmier quon nõme ver
Este autompne et yuer
Printemps florist et donne fleurs
Et herbes de maintes couleurs
Este fleurs et plante meure
Et dauoir fruict nous asseure
Freses/cerises ⁊ pommettes
Qui naissent de tant de florettes
Dont cy ne feray pas deuise
Legiere chose est a congnoistre
Que dieu les fait venir ⁊ croistre
¶ Autompne les faict enueillir
Et puis parmeurer ⁊ cueillir
yuer en faict merueilleux change
Car tout est mis a la grange
Et en grenier ⁊ en maisons
Ce que donnent les trois saisons
De printemps/deste ⁊ dauptonne
Et les vins sont mis en la tonne
yuer mect peine de despendre
Flours mect a fin ⁊ herbe tendre
De larbre faict cheoir la fueille
Nya verdeur qui ne sen dueille
Pource le fourmy en este
Par grant sens est admonneste
Des grains en sa cauerne attraire
Pour resister au temps contraire
¶ Prudent est ⁊ pourueu en ce
Et en luy a tant de science
Que de son lict rouge forment
Dessus chascun grain de forment
Pour obuier quelle ne germe
Dedans la terre a son droit terme

Il scait bien raporter son grain
Hors de la fosse en temps serain
Pour secher & pour essuyer
Bien scait quant le temps doit muer
Aussi se pourroit le fourmy
Tant ne scay pas pour my
¶ Dautre part maintenant la guerre
Le feu et lair/leaue & la terre
Chault et sec/moiteur et froidure
Gouuernent toute creature
Et font lhomme et femme muer
A ce pouons attribuer
Les saisons dont ie fois parolle
Sicomme on fist a lescolle
Printemps compare a ieunesse
Est plain de ioye et de lyesse
Jusques a vingt ans ou enuiron
¶ De la saison deste diron
Dautres vingt ans auoir sefforce
Cest quant homme a beaulte et force
Mais autompne apres la gouuerne
En ce temps par raison discerne
Les choses & dit sagement
Homme sain en entendement
Et par autres vint ans luy dure
yuer qui est plain de froidure
Compare au temps de vieillesse
Mect au neant & a foiblesse
Le corps de creature humaine
A decrepite les ramaine
¶ Aussi fut il de perrenelle
En son printemps fut ieune et belle
Et en este plaisante et sage
Selon lestat de son aage

F.i.

Aussi fut elle sage et bonne
Selon bon cours au temps daillonne
Mais vieillesse lassaillit
Beaulte et vigueur luy faillit
Quant de ses fleaux fut tastee
Elle deuint vieille et gastee
Ses membres furent tous roidiz
Retraictz/courbez et refroidiz
Le pis ot dur et les mammelles
Qui tant auoient este belles
Furent souillies et noircies
Comme bourses de cuyr farsies
Ainsi va humaine figure
La beaute moult petit y dure
Car il ne peult autrement estre
¶ Po^rce mahieu qui estoit maistre
Nauoit cause ne action
Denfaire lamentacion
Celle estoit vieille et il estoit vieulx
Dont en tous cas il voulsist mieulx
Quel eust prins en patience
Que de monstrer sa grant science
Pour femmes blasmer esgaument
Si est fol especialement
Qui en mesdist oultre mesure
Et qui au blasmer mect sa cure
Car nous hommes gros et menuz
Sommes tous de femmes venuz
A vne orloge est comparee
Femme nest ia si bien paree
Et dit que la femme noiseuse
Nest oncques de hongner oyseuse
Et sil ya faulte de viure
Et le mary ne luy en liure

Les femmes dient et maintiennent
Que les deffaulx des hõmes viennent
Et sil ya des biens assez
Elles luy dient quamassez
Les ont par leurs grant diligence
Par leurs sens et par leur prudence
Ainsi est il en verite
Tout vient de leur prosperite
Bien faitz a elles attribuent
Car quoy elles fillent & buent
Et de tout lhostel ont la cure
¶ On peult bien veoir p droicture
Que gaing en lhostel feront
Et que plus y proffiteront
¶ Troys toilles par elles fillees
Et par leurs oeuure empillees
Plus que tous emolumens
Faiz a cheuaulx & a iumens
Ne pourroient par labour rendre
Car il conuient ailleurs despendre
Et ce q̃ vient de la quenoille
Que len soustient ioxte la longne
Tient lhostel par nuyct et par iour
Elles labourent sans seiour
La quenoille rien ne leur couste
¶ Et qui a charrue adiouste
Deux beufz il cõuient es greniers
Foing/auoyne/mailles/deniers
Houe/crible/raiel et besche
Si fault aussi auoir la cresche
Fourche/flael/van et houel
Tousiours y fault ou vng ou el
En despens auant ou arriere
Et se laguille a cousturiere

Loeuure aueccq̃s la quelongne
Elle fait tresbien la besongne
Tout lhostel soustient et gouuerne
Le mary boit a la tauerne
Et despent soit vaille que vaille
Il ne luy en chault cõme quel aille
Et nest pas merueille trop dure
Si le chetif mary endure
Et est riote de sa femme
Qui po^r ses grãs faultes le blasme
Assez en est de tel courage
Qui nont cure de faire ouuraige
Pour leur mesnage soustenir
Pource ne leur peult bien venir
Car ilz sont paillars & oyseux
Et contre leurs femmes noyseux
Dont se rioteuses les trouuẽt
Plusieurs raysons a ce les mouuẽt
On le voit par experience
Doncques par droit & par sentence
Les hommes sont a blasmer
Et les femmes plus a aymer
Quãt elles fõt mieulx leur deuoir
Bien leur peut on dire de voir
¶ Or dist il par sa grant rudesse
Plain de courroux et de tristesse
A quoy il se veult arrester
Que nul ne pourroit cõtrester
Cõtre la trahison venimeuse
De la femme trop rioteuse
Non feroit dieux a son cuyder
La place luy feroit vuyder
Et pour plus blasmer et mesdire
¶ Dit quil nest riẽ de femme pire

Et qua cinq mectes maine lhōme
Par fallaces ainsi les nomme
par la langue et par la veue
Et par le toucher est deceue
De lhomme la fragilite
par cauteleuse iniquite
Si conuiēt que nous en dyon
Exemple nous en mect guyon
Qui disoit sa femme trouuer
Dessoubz symon pour reprouuer
Quant repudier la vouloit
pource la femme sen douloit
Blasme luy mectoit sus sās cause
Et racomptoit grāde pause
Mais a tout lauoit accusee
pource fut sa femme excuse
C Auecques langue est la veue
pour la sephine deceue
Sicōme il dit ⁊ le tesmoigne
Que ventry vit en la besongne
Sebille sa femme espousee
Dessoubz vng homme supposee
Sebille le fait luy nya
Disant de mal point il nya
Vne voisine de la rue
A vutry vint a sa charrue
Et losta hors de ialousie
Car il est sot qui sen soussie
C Apres dist subrepticement
Et parle de latouchement
Commēt framerys e prouua
Lamy de sa femme trouua
Pres de son lict par nuyct obscure
Il se leua et mist grant cure

An trouuet moult se suertua
Tant fist que son asne tua
Dung grãt pesteil parmy la teste
Non coulpable en estoit la beste
Nautre chose ny peult trouuer
Et failly a son fait prouuer
Mais sa fẽme dont dieu ait lame
Par les voysins en eut blasme
Je croy bien que ce fut a tort
Et toutesfoys lasne en fut mort
Encor disoit en son langaige
Perseuerant en son oultrage
Que le mary mal assene
Est abesti et mal mene
De femme ne soit deffendre
De la lune luy fait entendre
Que ce soit vne peau de veel
Par parolles ou par reuel
Et veult prouuer que cest loisible
Combien que ce soit impossible
Il dit pis que fẽme vainquirent
Salomon et le desconfirent
Par femmes et par leurs desrois
Fut prins le plus saige des roys
Salomon plain de sapience
Lors abusa de sa science
Et fut conduyt et ordonnez
Que par blandices fut menez
Jusques a mette de cuyder
Lors de sa loy le fist vuyder
Pour les ydolles aourer
Noncques ne sceut tant labourer
Quil y peust remede mettre
Encores dist mahieu en sa lettre

En continuant sa riote
Et nous racompte daristote
Comment femme le surmonta
Alors que par dessus monta
Au chief luy mist frain et cheuestre
Et vainquit des mettes le maistre
En ce fut grammaire trahie
Et logique moult esbahie
Maistre mahieu pour soy esbatre
A mis des truffles plus de quatre
Pour coulourer soppinion
Et apres il faict mencion
Comment la femme pour troubler
Lhomme la chose faict doubler
Et repete par plusieurs fois
Ne luy suffist nen deux nen trois
Semblant faict que point ne lentens
Lors voit on bien quelle ne tend
Fors a son mary courroucer
Et le bon homme nose tencer
Vueille ou non fault que la paix quiere
Pour doubte quelle ne le fiere
C Apres dit que les sens de lhomme
Se doublent tous en vne somme
Par femmes et par leur oultrage
Si tost que homs est en mariage
Son le tence ce nest pas merueille
Et luy faict assourdir loreille
Et leur orloge tousiours sonne
Tout estourdist et tout estonne
Et apres lhomme ainsi demaine
Quil faict de ses yeulx la fontaine
Aualer contre val sa face
Force de plourer yeulx efface

Tout ce qui est aux yeulx contraire
Luy faict ramener et attraire
Il nest riens qui puist trauailler
Les yeulx tant que faict le veiller
Et en apres pour la foiblesse
De ryme qui le seruel blesse
Le nez ne peult riens odorer
Roupies luy conuient plourer
La nauire est dhumeurs remplie
Que la corise multiplie
Et faict aller le masterel
Jusques au col ou hasterel
Car lhumeur y assemble toute
Pourquoy le nez souuent degoute
On voit quant le chief est enferme
Quil ny peult auoir membre ferme
Tous se deullent auecques le chief
Et tous partissent le meschief
A la longue desordonnee
Mal parlant & mal affrenee
Disoit mahieu des maulx assez
Que cy ne seront trespassez
Disoit quil noseroit labourer
Pour la langue de sa mouillier
Cestoit la langue peronnelle
De tencer estoit trop ysnelle
Et que trop luy faisoit de hõte
En ce chapitre nous racompte
Comment iadis seruit souloit
Puissantement/mais or endroit
Quant plus ne pouoit labourer
Cest ce quil le faisoit plourer
Du temps qui luy estoit contraire
Et quil ne le pouoit plus faire

Mesmement au corsil perrete
Car vuyde estoit sa pharetre
Et son arc ne pouoit plus tendre
Ainsi neut dequoy se deffendre
Qui na dequoy faire sa paix
Doit souffrir lestrif desormais
Pour ce maistre mahieu plouroit
Et griefuement se douloit
Et disoit en sa grant misere
Las pourquoy fuz ie ne de mere
Il me font languir en grãs paines
De lamentacions sont plaines
Toutes les choses quil disoit
Et pourtant quil luy desplaisoit
Mes dames et quil men desplaist
Jay encontre luy meu telz plaitz
Dont il sera grant mencion
Se ien viens a mentencion
Mais iay sur moy mait aduersaire
Et a forte partie affaire
Maistre mahieu si a en ayde
Galien/iuuenal/ouide
Et maistre iehan chopinel
Au cueur ioly au corps ysnel
Qui se cochoit cõme ie fais
Sur moy est bien pesant le fais
Jay contre moy bourdes et fables
Et poeteries peu proffitables
Car de mensonges ya maintes
En ces hystoires qui sont fainctes
Que ie voy contre moy playder
Et dont telz se vouldront ayder
Qui soustiennẽt maistre mahieu
Mais iay tout mon recours a dieu

Bien scay que dieu est verite
Et veult doctrine et equite
Et si me trairay a refuge
Vers raison qui est nostre iuge
Car ie voy proprement a loeil
Dun peu de ray de vray soleil
Faict fuyr une grant bruyne
Et la remect tout en ruyne
Si ne lairray pour mesdisans
Ne pour les enuieulx nuysans
Que ie nenparle a mon aise
Nonobstant quil leur en desplaise
Si ne les prise ung torchon
Ou il cherra si lencherchon
Si dis contre maistre mahieu
Que chose quil ait dit na lieu
Et quil ny faict a recepuoir
Les femmes font bien leur deuoir
Ne ce nest pas chose creable
De symon ne de lautre fable
Ne de vbery ne de sebille
Ne de quanques on dit par la ville
En tel cas ne sont pas a croire
Il faict de flamery memoire
De son asne et de sa chandelle
De tout faict une grant nouuelle
Ce sont truffes sauue sa grace
Et si aduient bien que len brasse
Choses assez plus semilleuses
Et a ouyr plus merueilleuses
De pel de veel et de lune
Ou il dit quil y eneut une
Qui son mary le fist entendre
Et lhomme ne se sceut deffendre

Cest peu de chose a proposer
Len ny pourroit gueres gloser
Et ny vallẽt telles friuolles
Ce sont truffes assez plus molles
Que nest pas vng roignet dẽ burre
Il ne peult pas pource conclurre
Sil veult partie diffamer
Quil puist le tout pource blasmer
Il ne sensuyt pas vrayment
En logique est autrement
Pose quelle dist verite
Car sil ya fragilite
Du meffait en vne partie
La chose sera mal partie
Se le tout en estoit coulpable
Soit tenu son conte pour fable
Car telz truffes soubz faulse ecõse
Ne sont pas dignes de reconse
Et ou il dit vne grant note
De salomon et aristote
Deux des plus sages de ce mõde
Sur quoy mahieu son ꝑpos fõde
Que salomõ moult sabaissa
Quant pour femme la loy laissa
Et que aristote le grant maistre
Eut en sõ chief frain et cheuestre
Et que femme le cheuaucha
Et par dessus luy se haucha
Leesse respond en riant
A ce quil va contrariant
Et met ceste sollucion
Dieu qui voult generation
Lhomme forma ⁊ puis la femme
Et en leurs corps inspira lame

Amour y mist la compaignee
Pour faire et pour creer lignee
Et ne soit pas a oublier
Quil commanda multiplier
Et croistre pour remplir la terre
Ce ne fut pas signe de guerre
Il voult que propagation
Venist par delectation
Homs et femmes sont raisonnables
Et plus discretz et plus notables
Que nest tout autre creature
Amour puissant avec nature
Les fait mourir a delecter
Et charnellement habiter
Pour continuer nostre espece
Que la mort corrompt et despece
Car qui sen tendroit pour tencer
Tout seroit a recommencer
Salomon fut riche et saige
De nature scavoit lusage
Il fut roy et non pas hermite
Si ne voult estre sodomite
Sodomite est plus lait peche
Dont homme puist estre enteche
Pource print il concubines
Et des femmes et des roynes
Et iouvencelles a plante
En usant de sa voulente
Il acomplit par grant science
Ecclesiastes sapience
Et prouerbes et parolles
Dont on lit en maintes escolles
Et aussi fist il les cantiques
Beaulx livres sont et auctētiques

Se depart amour qui le lya
Vers femmes tant sumilia
que le² plaisir voult du tout faire
Maistre mahieu si sen doibt taire
Aristote fut plain de grace
Et eut vne cite en trace
Jadis soraine appellee
Celle cite fut grant et lee
Et estoit de son patrimoine
Il fut extrait de macedoine
En science ny ot greigneur
Ce fut le prince et le seigneur
De to⁹ philozophes gregois
En grece seruit a deux roys
A phelippe et alexandre
Ausqlz fist moult de bien aprēdre
Bien scauoit force de nature
Et fist mainte belle escripture
Perier/menias et elenche
Dargumēs sōt toutes les brāches
Priores posteres logique
Et science mathemathique
Plain estoit de grant charite
Par tout soustenoit verite
Dont on le deuoit moult exaucer
Et si se laissa cheuaucher
Ce fut par ioye et par deduyt
Amour a ce faire le duyt
Par sa grant debonnairete
Si ne doit pas estre note
Biē nōstra quō doit aymer fēmes
Sans leur dire lait ne diffames
Car pource ne sont point coulpables
Mais les ditz mahieu dampnables

De ce ne conuient point doubter
Et si ne fait a escouter
Quant il allegue laidure
Se perrenelle nauoit cure
De luy cestoit ꝑ sa grant coulpe
Biẽ luy deuoit faire la souppe
Perrete de luy se douloit
A bon droit car il ne vouloit
Payer celle debte amoureuse
Elle en estoit plus dãgereuse
Quant il refusoit a payer
Le sourt faisoit pour delaier
Alors estoit sa honte noncee
Et disoit la bource froncee
Ne peult payer ne na que rendre
Ne le membre ne peult tendre
On se courrouce bien pour moins
Pource le prenoit elle aux mains
Sil ne fuyoit hors de la presse
Sicomme il dit et conseille
Dont il estoit coquart et nice
Puis racompte de sa nourrice
Qui riotoit auec sa femme
Bien y auoit comme par mame
Elle ne se vouloit leuer
Car on ne pourroit trop greuer
Lhõme qui ne peult besongner
Aussi doit il moult ressongner
Quant il na dequoy sa paix faire
Pour tant se doit tel homme taire
Sãs mesdire des damoyselles
Ne des dames ne des pucelles
Ne de quanque femme viuãt
De ce ne voy nul esriant

Nous auons assez a respondre
Quāt brebis fault penser & tōdre
Mahieu mettoit toute sa peine
Et sa pensee folle et vaine
A ses vices ramenteuoit
Lors fait enuie son deuoir
Sil y a vne coustumiere
De seoir au monstier premiere
Ou daller deuāt a loffrande
Il cōuient quelle soit bien grāde
Se son fait vouloit frequenter
Sans rioter ou tourmenter
Et qui veult paix si se pouruoye
Que quant fēmes vont p la voye
Si son salut ne rend qua vne
Mais salutation commune
Face a toutes en audience
Auec lignee dobedience
C. Femme par enuie incline
Reprouche tousiours sa voysine
Mieulx paree dont il luy poyse
Au mary en reuient la noise
Chetif mary se dit la femme
Ce test grant honte et diffame
Que tu me tiens ainsi vestue
Je nose aller par la rue
Si ce qua moy affiert eusse
O les greigneurs aller ie deusse
C. Le mary nose contrester
Des robes luy fait apprester
Pource que sil y auoit faulte
La noise tourneroit plus haulte
Chascun io^r vouldroit faire chāge
De lhostel et de luy estrange

Et dit souuent que cest merueille
Qua sa voisine nest pareille
Mieulx vault de sa vache le pis
Ce dit quant ne scayt dire pis
Si fault que responce ie die
Sur vice qui est de nuie
dōt mahieu mes dames accuse
Je dy ainsi et les excuse
que les choses sōt assez troubles
Et les entēdemēs sōt doubles
Il ya enuie de bien
Et enuie qui ne vault riē
Homme ou femme qui estudie
A bien faire cest enuie
Ainsi le doibt on racompter
Que peult les autres surmōter
Soit en armes ou en science
Et auoir bōne conscience
Cest bon enuie se me semble
Mais qui daultruy saleesse
Et qui daultruy bien a tristesse
Cest enuie faulce a mauluaise
Car enuieux nest pas aise
Car il prent tout a desplaisāce
Portant a son prochain nuysāce
Le philozophe le tesmoigne
ce nest pas mauluaise besōgne
De femme qui est bien vestue
Car elle est plus chier tenue
Et honnoree en toutes places
Et en yuer quāt sont les glaces
En a en soy plus grant chaleur
La femme de plus grāt valeur
Et qui de ligne est plus grande

Doit aller premier a loffrande
Et doit bien estre preferee
Selon lordre en honneur gardee
Il mest aduis que bie supportee
A honneur tendent et enhortent
Lune lautre par compaignie
A mieulx valoir cest bone enuie
Et selle vouloit du lin auoir
Ou du chanure ou aultre auoir
Ou de la soye ou de la layne
Ou vne vache de laict plaine
Ceste enuie est trop commune
Si nen doibt on blasmer aucune
Or argue mahieu dung vice
Quon appelle auarice
Contre les femmes par iniure
Dit que sot de froide nature
Que toute femme est auere
Et apres excepte matierre
Quat il en veult preuues attraire
A soy mesmes il est cotraire
Mais il dit par yronie
Par maniere de vilenie
Des femmes dit quant il en parle
Que plus chauldes sont que le masle
De leur auarice tesmoigne
Quil ne leur chault mais quon leur doigne
Argent veulent auoir et grans dons
De ceulx quilz tiennent en leur bandons
Tousiours fault quon leur soit donant
Tant elles sont de pres tenant
Et dit que pour deniers se vendent
Et aux hommes plumer entendent
Et que pis leur est aduenu

Ainsi comme est contenu
En son liure ou me sense
Quant a le translater muse
Pource que il me desplaisoit
Des cōplainctes que il faisoit
¶ A tout quāq on pourra dire
Je respōs sans dueil et sās yre
Tant par le conseil de leesse
Et ne sont ne folles ne nices
et speciallemēt les riches
Et celles qui ont leur cheuāce
Sans aucun mal ne deceuance
¶ Et quant il y a aucunes
Qui de leurs corps sōt trop communes
Et se vendent par pourete
Ne leur doibt estre recite
Que les hōmes quelles recoiuent
De tout leur pouoir les decoiuent
Et sont plaines de si grāt malice
Quilz ne tendent qua auarice
Et les fēmes trompent et flatent
Ou les tourmētent ou les batent
Quant eles ne veullent acomplir
Leur voulēte et bien remplir
Les bourses des houliers gloutōs
Qui ne vallent pas deux boutōs
En subgection les maintiennent
Et en grant vilite les tiennent
Qua tout mal faire les induysēt
Et de tout leur pouoir les nuysent
Et a perdition les mainent
Car en toutes guyses se painent
De femmes ainsi deceuoir

Or puis ie bien dire de voir
Ce nest mye trop grant merueille
Sa femme contre sa pareille
Pour resister a leur malice
Car es hommes a plus de vice
De cent doubles quil na es femmes
Et si en dient de grans diffames
Follement et contre raison
Et saucunes en leur saison
Aux hommes souffrir sabandonnent
Et les hommes des dons leur donnent
Pour leurs necessitez trouuer
On ne leur doit pas reprouuer
Sil ya de mauluaises gloutes
Pour ce ne sensuyt pas que toutes
Soient generallement comprinses
En leurs blasmes ne leurs reprinses
Certes femmes sont assez larges
Dieu leur enuoye des biens charges
Tant comme ilz vouldront a plante
Pour vser a leur voulente
Qui veult leur largesse trouuer
Par exemples le peult prouuer
Quant iason trouua laction
De conquester dor la toison
Jamais auoir ne le peut
Se par medee ne leut
Et si alloit en tel peril
Que demourer deust en exil
En colcos vne ysle de mer
Trop long seroit a exposer
Dont ce que aduint en lhystoire
Mais on doit auoir en memoire
Comme medee le receut

Et comment iason la deceut
Medee estoit fille de roy
Et ne pensa a nul desroy
Elle estoit belle: bonne et saige
Jason promist quen mariage
La prendroit & seroit sa femme
Jason en deust auoir le blasme
Car celle samour luy donna
Et du tout luy habandonna
Cueur/corps/richesse et auoir
A mary le cuydoit auoir
Peult estre quen tel esperãce
Il lengrossa par decepuance
Et quant elle leut bien ayme
Et de sors garny et charme
Et oingt de plusieurs oignemens
et baille ses enseignemens
Comment il pourroit en son sens
Par aduertissemens recens
Vaincre le serpent & les beufz
Et les dangiers trop merueilleux
Qui en lisle de colcos estoiẽt
Et quil eut le menton dore
Dont depuis fut moult honnore
Il retourna en son pays
De tous en deust estre hays
Car il laissa medee enseinte
De dueil descoulloure & taincte
Oncques puis delle ne cura
Et faulsement se parjura
Elle en employa mal ses richesses
Et ses honneurs & ses largesses
Ulixes conte de dulice
Sage homs & plain de malice

La royne de circe deceupt
Circe bonnement le receupt
Il et ses compaignons pillez
Estoient & en mer exillez
Et en pourete retenus
Delle furent les biens venus
¶ Circe se voulut marier
Ulixes la fist varier
Quant il vit quelle fut samye
Ses richesses nespargna mye
Se elle assez luy en donna
Mais mallement luy guerdonna
Car toute grosse la laissa
Dhonneur de tant luy abaissa
Et senreuint en sa contree
Quant en mer peut avoir entree
Et la morte saison passa
Oncques circe tant ne brassa
Que elle le peust retenir
Pour avec elle se tenir
Eneas le exillie de troye
Par la mer avoit prins la voye
Et sen venoit par ytalie
Chevance luy estoit baillie
Et a ceulx qui a luy estoient
Leurs nefz cassees rapprestoient
Puis arriverent en carthage
Dido les vit sur le rivage
Lesqlz venoient moult noblement
Les receut honnorablement
Car elle estoit du pays royne
Eneas ieut soubz sa courtine
Et tant y fut quelle engroissa
Et que son serment luy froissa

H.i.

Et quant il eut des biens assez
Et le temps dyuer fut passez
Par dedans ses nefz bien refaictes
Qui hors du pont estoient traictes
Passa en la terre lamiue
Quant dido parceut le conuiue
Et vit q ainsi estoit trompee
Elle se tua dune espee
Ses largesses mal employa
Quant desespoir la desuoya
Ce fist la faulcete de enee
Par luy fut ainsi mal menee
Des femmes de leurs prouesses
De leurs vertus de leurs largesses
Et des bontez dont ont assez
Du dire ne suis pas lassez
Mais il me conuient efforcer
Car la queue est a lescorcher
Mahieu qui mist toute sa cure
A blasmer femmes de luxure
Si dit que pasiphe la royne
Soubz vng thorel se mist en peine
Et habandonna sa creuache
Du simulacre dune vache
Couuerte dune peau velue
Certes voicy grant fanfelue
Ce ne peult estre cest fable
Mais ce fut oeuure de dyable
Comme pourroit femme souffrir
Qua vng thorel voulsist offrir
Le molle sexe feminin
Le mot est tout plain de venin
Ce nest pas a faire loysible
Je croy que tout soit impossible

Ou saulue la grace cest bourde
Pasiphe ne fut pas si lourde
Quelle soubzmist en son corps nu
Par dessoubz vng thorel cornu
Et auec ce nest pas a croire
De scilla dont il fait memoire
Ne de mynos ne de nysus
Je ay respondu cy dessus
Sa conclusion est inepte
Mais ie dy quil est vray que iepte
Juge disrael et seigneur
qui au peuple estoit greigneur
Sicõme on trouue en vraye histoire
Voua que sil auoit victoire
En vne bataille ancienne
Contre la gent philistienne
Quil a dieu sacrifioit
La chose quil encontreroit
A son retour premierement
Il voult tenir son serment
Sa fille encontra la premiere
Qui luy venoit a lye chiere
Car ioyeuse estoit la pucelle
Doulce plaisante bonne et belle
Haa dist il ie suis deceu
Jaymasse trop mieulx auoir veu
Aultre chose: ⁊ puis racompta
De son veu a quoy il monta
¶ La pucelle qui fut honneste
Fist a son pere vne requeste
Celle y ot possibilite
De plourer sa virginite
Deux moys auecques ses compaignes
Par les boys et par les montaignes

Seple luy ottroya assez
Quant les deux moys furent passez
Il couppa la teste a sa fille
Ce nest pas pareille bille
De scilla ou nya que fable
C Aussi est chose veritable
Que le vaillant virgineus
Du despit de tarquinius
Quāt pour faulx tesmoig le prouua
Que sa fille serue trouua
A sa belle fille virgine
Qui ne estoit de franche orine
En iugement couppa la teste
Les rommains nen firent pas feste
Sur le peche luxurieux
Dont mahieu estoit curieux
De blasme aux femmes imposer
Tout quanq̄ il en voult proposer
Pour abreger repeteray
Et puis apres respondray
Premier a mirra reproucha
Quant son pere o elle coucha
Et souffrit la coulpe charnelle
Contre hōnestete paternelle
Et myrra ieut auec son pere
Si fist libye auec son frere
Et camasses auec camaire
Encor ne sen pouoit il tayre
Que cedre fille au roy de crete
Ne fut pas en amours discrete
Elle ayma le bel ypolite
Ce nestoit pas chose licite
Filz fut son mary theseus
Quant du pot ot les laiz euz

Coignet se fist a son fillastre
Venus en fist folle martastre
Philis en fist grant dyablerie
Si folle ne feust establie
Si chetiue si forcenee
A luxure desordonnee
Trop honteusement se rendit
Quant pour demophon se pendit
Je ne scay qui la faisoit pendre
Mais ce fut comme puis entendre
Pour desespoir qui la menoit
Et que son amy ne venoit
Dido la royne de cartage
Ce dist on fist trop grant oultrage
Pour eneas qui fut son hoste
Qui luy auoit signe la coste
Dido fust forment a blasmer
Quant vit eneas en la mer
Qui sen venoit en lombardie
Elle fut trop folle hardie
Toute grosse du faict sentant
Plourant criant & lamentant
Par folle amour si se mua
Qua ses propres mains se tua
De lespee qui fut enee
Trop estoit de maleure nee
Ouide dit que femme est chaste
Quant nul ne la requiert ne taste
A ten douleur concupiscence
Le pape leur donnoit puissance
Deulx marier sans delayer
Affin du charnel deu payer
Dit que fémes ne peuẽt attendre
Gueres sans eulx dõner ou védre

Et dit que femmes amoureuses
Ont condicions merueilleuses
La noble voulentiers solace
Aux gentilz ne conuient que place
Mais que soit en lieux conuenables
Femmes de citez sont prenables
Vaincre les conuient par donner
Car riens ne veulent pardonner
Aux villages sont les moins fieres
Plusieurs se donnent par prieres
Les nonnains les religieuses
Se tiennent pour trop ꝑcieuses
Pour leur espirituaute
Mais peu ya de loyaulte
Ainsi dit mahieu en sa guise
Et parle sur les gens deglise
Et dit que soubz turelupinaige
Enuye/dol/ypocrysie
Luxure ⁊ fraude brisie
Et especialement es beguynes
Qui ne sont pas oeuures diuines
¶ Des vieilles ne se vot pas taire
Assez en disoit de contraire
Et quant elles sont deuenues
Vieilles ridees et chanues
Et perdent leur propre chaleur
Et sont de petite valeur
Lors conuoitent elles les ioindre
Tout vieille femme se veult ioindre
¶ Puis parle des maquerelles
Des baratz ⁊ des bequerelles
De s paintures des oingnemens
Et des aultres enseignemens

Parquoy decoiuent les fillettes
Et liurent roses et florettes
Et que par oignons et moustarde
Une vieille que mau feu larde
Faisoit sa chiennete plourer
Pour sa finesse coulourer
Et comment son amy manda
Sicom la vieille commanda
De luy souffrir le ieu damours
Sans faire noise ne clamours
Disoit estre despucellee
Par son amy & effollee
et quant les vieilles maquerelles
Jouent souuent de telz merelles
Et de pis faire ne se faignēt
Les enfans es ventres estaignent
Et qui proye vouldra auoir
Leurs mauuaistiez pourra scauoir
Et dit que sil est qui len croye
Delles mesmes en fera proye
Leurs faictz sōt approuuez & sceuz
¶ Ouide si en fut deceuz
Il cuydoit trouuer iouuēcelle
Car il aymoit vne pucelle
Par nuyct vint pour trouuer le lict
Ou il cuydoit auoir delict
Mais la vieille si soppposa
Ne scay comment faire losa
¶ Or est il temps que ie responde
Les causes surquoy ie me fonde
Ne puis plus bonnement celer
Car ilz maydent a reueler
Ce qui sert a mentencion
Et a mon excusation

Omere fut clerc merueilleux
Saige subtil et semilleux
Et fist de belles escriptures
Des exemples & des figures
Et des hystoires anciennes
Faictes selon les loix payennes
Il tint plusieurs oppinions
Et dit des tonneaux la maniere
Desquelz fortune est tauerniere
Dont lung estoit plain de leesse
Et lautre remply de tristesse
Et en conuient chascun iour boire
Ou de tristesse qui est noire
Ou de leesse lamoureuse
Qui en tous lieux est sauoureuse
Ceulx qui de tristesse ont beu
Ont dit du pis quilz ont peu
Des femmes ou de leur affaires
Mais leesse leur est contraire
Et sera sil est qui men croye
Omers traicta de la grant troye
Et des tournoys et des batailles
De la fin et des commencailles
Ne scay se fust pour soy esbatre
Mais par ses ditz faisoit combatre
Les dieux de leurs loix immortelz
Auecques les hommes mortelz
Mais par leurs amours & venus
y estoient biensouuent venus
Pour porter armes en bataille
Et ferir destoc et de taille
Dame venus y fut nauree
Encores nest sa playe sanee
Ouide qui la soustenoit

Et ses opinions tenoit
Lensuyuit en plusieurs manieres
Des choses deca en arriere
Parlerent chascun a sa guise
Mainte belle fable y est mise
Qui racompte nouations
De formet les mutations
Il tenoit la loy payenne
Et nous auons loy crestienne
Leurs fables et leurs poesies
En nostre loy sont heresies
Et pource ne sont pas a croyre
Ne ceulx q̄ suyuent leurs hystoires
Principalement quant parleront
Des fēmes et quant les blasmerōt
Ilz en dirent beaucoup dabus
De iupiter et de phebus
Et des grans dames du pays
Sen doyuent bien estre hays
Ne cuydez pas que ie deuine
Oncques chapon nayma geline
Pour ouide lay recite
Qui en racompte en verite
Car on luy lya les deux coilles
Aux estoupes et aux oeufz doilles
Et furent gueries ⁊ sanees
Puis vesquit par plusieꝰs annees
Et en exil fut enuoye
Et oultre la mer conuoye
Il en conuient dire la cause
Car loysir nay de faire pause
Si peult on presumer et dire
Que le hayneux est tout plaindyre
Femmes apres ce fait blasma

Noncques depuis ne les ayma
¶ De myrra dit grant vitupere
Quelle coucha auec sõ pere
Sa bourde doibt estre louee
Car il dit quelle fut muee
En vng arbre pour sõ peche
Dont son corps estoit enteche
Et fut couuerte dune escorce
Si nen doibt on donc faire force
Ne de philis ne de canasse
Ne des exemples quil amasse
Ne de phedra ne dypolite
Ne de leur amour illicite
Ne de philis qui se pendit
Qui demophon trop attendit
Ouide dit que cest vng tremble
Vng arbre dont la fueille tremble
Quant demophon la vient briser
Si sen peult on biẽ rapaiser
Car on voit bien q̃ tout est fable
Et quil nya rien veritable
De dido mauez ouy racompter
Et de eneas sans doubter
Comment elle fut deffraudee
Et en son couraige esclãdee
De ce que eneas sen fuyt
Et du fait qui sen ensuyuit
Et comment elle en print la mort
Par desespoir qui trop mort
Certes on voit bien qui tort a
Et que eneas mal sen porta
Et se vrays estoient ses comptes
Sur les hommes les a a hontes
Et de tous ses aultres meffaitz

Sur les hommes en sont les faiz
Puis que cest pour leur decepuance
Aux femmes font trop de greuance
Par barat et par tricherie
Pour soustenir leur lecherie
Mahieu par ouide se haste
De dire quil nest femme chaste
Et conclud tresmal sa besongne
En disant quil nest femme bonne
Je respondz sur son iugement
Les motz sonnent moult aigrement
Et ne sont pas a droit repus
Sicomme iay dit cy dessus
Qui dedans soy regarderoit
De mesdire se cesseroit
Len ne doit pas parler dordure
Cil qui allegue sa laidure
Ne faict a riens a recepuoir
On ne se peult mieulx decepuoir
Qui dit mal sa bouche put ains
Et seroient donc filz de putains
Tous ceulx qui sont deuant nez
Ouide fut mal effrenez
Quant sa bouche femme blasmoit
Il mesmes se diffamoit
Par courroux et par felonnie
Sur soy en soit la villenie
Et sur mahieu qui le repete
Len ouyt oncques en nul art
Que maistre pierre abalart
Sage et bien araisonne
Combien que il feust chaponne
Des femmes nul blasme ne deist

Ne de sa langue ne meffist
Mais bien fist le paraclist faire
Ou seur aloys voult retraire
Elle vesquit moult chastement
Sagement et honnestement
¶ Je croy q̃ mesdisans mourront
Quant toutes les causes orront
De la partie de leesse
Pour faulce enuye qui les blesse
Car les preudes femmes auons
Les noms desquelles bien scauõs
Et anciennes ⁊ nouuelles
dames/bourgeoyses/damoyselles
Dont ie mettray cy vne annexe
De celles de feminin sexe
Qui furent ⁊ qui sont vaillans
Malgre mesdisans au cueᷣ faillãs
Pour arguer contre legal
Et contre ouide et iuuenal
De respondre a matheolule
Des femmes auons saicte vrsule
Auecques les .xi. mille vierges
De chastete furent concierges
¶ Vrsule en bretaigne venoit
Et ses compaignes amenoit
Pour marier selon leglise
Sicomme chascune estoit requise
Vrsule estoit bien pourueue
Pour espouser fut esleue
Au roy conam en mariage
Quant par torment et par orage
En mer furent esparpillees
Et en diuers lieux exillees
Mais nonobstant aduersite

Garderent leur virginite.

Nous avōs saincte katherine
Saige/plaisant/vierge/vterine
Qui les maistres en rethorique
Vainquit par sens ⁊ theorique
Par argumens les surmonta
Et le roy maxence ahonta.
Marguerite o sa panetiere
Vierge fut/pure et entiere
Olibrius ne voult souffrir
Pour riens quil luy voulsist offrir
Agnes/luce/agathe/marine
Geneuiefue/getrude;cristine
Perpetue ⁊ felicite
Garderent leur virginite
Les nonnains/les religieuses
Sont en leurs faictz moult gracieuses
Sobres/plaisantes/bonnes et belles
Des dames ⁊ des damoyselles
y mect on plus que daultres femmes
Si nen doit nul dire blasmes
Car de sainctes y a plus dune
Saincte auoie/saincte opportune
Saincte agne/saincte brigide
Sont sainctes en despit douide.
Daultres en nommeroye maintes
Vaillans fēmes/bonnes ⁊ sainctes
Desquelles la vie honnoree
Est en la legende doree
¶ Seur iehanne de la neufuille
Dempres soissons en abbeuille
Et en habit de cordeliere
De dieu disciple ⁊ escolliere
Introduicte en humilite

Enflamee de charite
Et en vertus bien enseignee
Extraicte de noble lignee
En sa ieunesse fut menee
A long champ ⁊ a dieu donnee
Dieu a servy en celle eglise
Depuis le temps quelle fut mise
Et tellement sen est portee
Du sainct esperit enhortee
Que dieu la si bien pourveue
Quen abbesse est promeue
A gouverner cinquante dames
Moult devotes de corps et dames
Encloses sont ⁊ emmurees
Et hors du monde asseurees
Pour escheuer peche et vice
Dieu louent en divin service
Dame iehanne les gouverne
En este ⁊ quant il yverne
Comme tres vaillant pastorelle
De tout prent la cure sur elle
Bonne dame est de bonnaire
A chascune veult plaisir faire
Et a toutes est chambriere
Dorgueil na point en sa maniere
Mais est humble en face clere
Cest la seconde saincte clere
Celle degneux et la moysie
Qui en doulx chant est remoysie.
En ensuyvāt le bien pres la trasse
Dieu les gard toutes par sa grace
¶ Encor en nommeray des preuses
De bonnes et de vertueuses
Avec lucresse et penelope

Peult on bien adiouter sinoppe
Et menopple et ypolite
Pour mesdisans faire la luyte
Car ilz ne sont pas noz amys
Et la royne semiramis
Tenca lampheto de iphile
Et dautres dames plus de mille
Renommees de grant prouesse
Sont de la partie leesse
Et luy portoient sa banniere
Pour ayder en toute maniere
Tenca fut chaste et gracieuse
Et aux armes moult courageuse
Tous les faitz ne pourroye escripre
Longue chose seroit a dire
Et si me fault ailleurs entẽdre
Pour le droit garder et deffendre
Des dames a qui dieu doint ioye
En tout chemin en toute voye
Pour les femmes preudes et anne
Mere samuel est susanne
Qui des prestres fut accusee
Ny doibt pas estre reffusee
Car des bonnes la conscience
Monstra par vraye experience
Jusques celle fust esprouuee
Et pour prendre femme trouuee
Ceulx qui laccuserent a tort
En moururent de ville mort
Len dit que iadis en iudee
Une femme estoit lapidee
Quant elle faisoit aduoultrie
Quelle estoit en puterie
Les iuifz en trouuerent vne

Qui par sa mauuaise fortune
Auoit este prinse prouuee
Et affin quelle feust reprouuee
A dieu pour iuger lamenerent
Et par fraude luy demanderent
Comment la femme iugeroient
Dieu q̇ scait tout quanq̃ cueur pēse
Et bien se scait garder doffēce
Congneut quilz venoient querre
De son doy escript en terre
Saulcun de vous est sās peche
Et qui ne se sente entache
Si gecte la pierre premiere
A la femme tant quil la fiere
De la responce sesbahirent
Ne la femme point ne loccirēt
Noncques par ire luy gecterēt
Aincoys paisible la laisserent
La femme demoura deliure
Des euangilles ou liure
Dieu nous monstra par cest exēple
Que en tresgrant follie se emple
Qui sur les fēmes veult mesdire
Ce dit ne pourroit homs desdire
Car il est vray ꝛ fait acroire
Si ne scay pourquoy on prēt gloire
A blasmer femme de sa bouche
Ne en dire mal ne reprouche
De mariee ou de pucelle
De vieilles ou de iouuencelle
ce vers est ici mal placé c'est le 33e du f° 19 [illegible]
Que iamais ne vous courrouceray
Les vieilles les ieunes enseignent
Et du bien monstrer ne se faignent
Comment se doibuent maintenir

Et de tout mal faire abstenir
Les vieilles ont plus de science
Et crement dieu en conscience
Et est vray quelles ont grant ioye
Quãt les ieunes vont bonne voye
Se les vieilles sont sorcieres
Haraul des ou maquerelleries
Ou choses q̃ vers dieu le^s nuysẽt
Les hommes a ce les induysent
Et les enhortent et cõseillent
Et pour mal faire se trauaillent
Nuyct et iour pour fẽmes frauder
Les hommes veullent ribauder
Ja femme ny fera meffait
Se moyennant homme nest fait
On voit trop bien q̃ tout racompte
Auquel en appartient la hõte
Au masle ou a la fumelle
Mesmement en ceste querelle
Les hommes ont vertu actiue
Et les fẽmes ont la passiue
Lhomme doit assaillir et faire
La femme doibt souffrir et taire
Chose raysonnable et honneste
Et se lhõme luy admonneste
Chose qui soit contre droicture
La femme par droit de nature
Luy peult saigement reffuser
Et soy loyaulment excuser
Car dame est de sa voulente
Et se mahieu a lamente
Ouide qui fut deceu
Il ne doibt estre receu
A femme blasmer dauenture

Le pere est seigneur de nature
Dieu qui toutes choses crea
Auquel nostre forme aggrea
La voult faire continuer
Plusieurs raisons infumer
Voult par la generation
Et pour la propagation
Des hommes et des bestes brutes
Et entre les autres natures
Y mist le delict pour mieulx plaire
Et pour lung envers lautre actraire
Par telle delectation
Se fait continuation
De toutes formes et espesses
Soiet grosses menues ou espesses
Si en doibt on a droit vser
Licitement sans abuser
Si conclu que il ne convient
Point blasmer le lieu dont on viet
Le proverbe dit des oyseaulx
A chascun sō nyd luy est beaulx
Et quant est au fait des sorcieres
Dont mahieu dit parolles fieres
Et de leurs adiurations
De sors et de coniurations
Et de crapaux vestuz de robes
De draps et dautres faulces lobes
Et daucuns ymaiges de cire
Que femmes font ardoir et frire
Pour les culz des hommes brusler
Et du chat quelle font voller
Vestu de sa grise cotelle
Quelles mectent dedans la paelle
Et luy font les piedz eschauffer

Dedans laraīn ou dedans fer
Et le lient a vne late
Neron/belzebuth et pylate
Et denfer la puissance toute
Adorent et nen ont pas doubte
Comment vieilles font dennuys
Et sen vont au gibet de nuytz
Prendre les cheueulx ꝛ la corde
Dung pendu qui est chose orde
Et par nuyct deffroissent le corps
Des enfans et des hommes mors
Il dit medee enchanterresse
En magique diuinerresse
Et en ce fait grans doubteries
Par magique et par sorceries
Et encontre la vielle salle
De la bataille de thesalle
¶ De iulle cesar qui pompee
Si dist quil vaincroit lespee
Et en fist coniurations
Par sors et diuinations
Vieilles cheuauchāt les balays
Par cours/par salles/par palays
Comme vent sen vont par le mōde
Et au commandemēt habonde
Il dit que saul voult scauoir
Se samuel pourroit rauoir
Mais riens ny valut le plaider
Car il ne luy pouoit ayder
Vne phitonise sorciere
Len fist responce a ma matiere
Maistre mahieu dit mōlt doultrages
De femmes et de leurs ouuraiges
Les maulx quil eut dit repetoit

Et nouueaulx exemples mettoit
Commēt les fēmes riens ne celēt
Et tout quāque on leur dit reuelēt
Vng compte nous en fist tout neuf
Dūg preudhom q̄ ponnoit vng oeuf
Sa femme dist a sa commere
Que deulx il en ot par saint pere
Lautre le dist a sa voysine
Querant du feu a la cuysine
Si dist quil y en auoit quatre
Et a mentir se vont esbatre
Les femmes tout publicquement
Et le multiplierent tellement
Que on luy mist des oeufz cīquāte
Voire en la fin plus de soixante
¶ Apres dit dūg autre preudhōme
Qui faint auoir tue vng homme
A sa femme sen descouurit
Et tout le secret luy ouurit
Certes gueres ne le cela
A ses voysines le reuela
Que son mary le meschant
Auoit murdry vng marchant
Et lauoit mis dessoubz sa queste
Dont le iuge fist faire enqueste
Mais la mēsonge fut prouuee
Car vne truye fut trouuee
En vng sac la ou il lauoit mise
La femme en fut forment reprise
Comme iangleuse a mensongiere
Car sa lāgue fut trop legiere
¶ Mahieu disoit par faulce enuye
Que quāt dieu vint de mort a vie
Et a pasques ressuscita

Que tout premier le recita
Aux femmes pour le publier
En ce fait ne voulut oublier
Quant il les visita premieres
Car de mentir sont coustumieres
Aussi disoit ung aultre iour
Dung ialoux qui en une tour
Gardoit sa femme serree
Mais ne lauoit pas enserree
Le ialoux y fist troys huys faire
Et si auoit des clefz troys paire
Mais en la fin en fut deceu
Il auoit ung soir bien beu
Si sendormit apres souppper
Le boire le fist encouper
Sa femme ses clefz luy embla
Auec son amy sassembla
Mais ialousie tant reueille
Le ialoux qui petit sõmeille
Quant la chose luy fut apperte
Moult fut courroucie de sa perte
Et dist femme ou es tu allee
Hors de la tour es auallee
Bien est prouue ton aduoultrie
Demain sera fait de ta vie
Lors reuint la femme courãt
A son mary dist en plourant
Je vous pry pour la magdalaine
Que vous ne me mectez en peine
Esparnez moy ie vous iureray
Je nay pas vostre tour minee
yssue suis par destinee
Et non mye par ribauldie

Si nest pas droit quõ men mauldie
Je me noyere en ce grant puis
Sen vous mercy trouuer ne puis
Il respond pour la confuter
Je te feray demain futer
La nuyct estoit noire et obscure
Elle print vne pierre dure
Et dedans le puis la lanca
Adonc le mary sauanca
Qui la cuydoit noyee ou morte
Si tost quil fut hors de la porte
Elle entra ens ⁊ luy ferma
Son dieu iura et afferma
Quil comparroit ceste enuahye
Elle ne fut pas esbahye
Aux guectes crya ca venez
Cest villain ribault me prenez
Il fut prins et mis en prison
Quõcq̃s mais ne fut nulz pris hom
Et fut batu et escharny
Car de sens estoit mal garny
¶ Aussi dit il de dame berthe
Que clement trouua descouuerte
Et dessoubz vng prestre estouppee
Clement tyra sur eux lespee
Si leur conuint laisser leur oeuure
Barthe sault sus et se recouure
Son mary print ⁊ tint a force
A peu les poings ne luy escorche
Berthe qui estoit faulce ⁊ qui mẽt
Cryoit sur son mary clement
Bonnes gens il est forcenez
Haro pour dieu bien le tenez
Nagueres que saige estoit

Cest prestre ayde me prestoit
Pour moy ayder est cy venuz
Ou il me fust mal aduenuz
A clement ne laissoit mye dire
Lung le boute/lautre le tire
Prins fut et a terre abatuz
Puis liez et de verges batus
Trois iours luy dura celle haire
Par force luy conuint paix faire
Tant doubtoit le corps berthain
Quil pardonna tout pour certain
Tout quanque mahieu propose
Et cõtre les femmes expose
Daller hors en pellerinage
Quelles sen vont en tapinaige
Et au retour les plantes plaignẽt
Pour le trauail et puis se faignent
Des sacrifices et des vueilles
Que le[z]s mariz diẽt a merueilles
Que chascune pas ne confesse
Com elle a este en presse
Des sorcieres et des carauldes.
Et des sors que font les ribauldes
De leurs luxures de leurs vices
de leurs fraudes de leurs malices
de leurs bourdes de le[z]s mẽsõges
Qui ne sont fables ne songes
Dont on les pourroit diffamer
Hayr accuser ou trembler
Soit par fables ou exẽples
Pose quilz ne fussent amples
Et au pis quon en pourroit dire
De tout ce que femme empire
Que contre la loy ne seroit

Et dont elle ne messeroit
Crime capital ou dampnable
Et qui ne seroit excusable
Dont iay faict protestation
Que ce nest pas mentencion
De dire ne de soustenir
Que len ne se doit abstenir
De pecher qui est deshonneste
Et com la loy admonneste
Sans proceder villainement
Je respons ainsi plainement
Pour femmes a droict excuser
Quon doibt bien de vertus user
Laisser le mal & le bien faire
Si endiray vray exemplaire
¶ Dieu q̃ est sans nul cõmencemẽt
Pardurable & sans finement
Et trois personnes en trinite
Par indiuisible vnite
Pere & filz & sainctz espritz
Qui peuent reueller les perilz.
Les beaulx anges crea iadis
Et les mist en son paradis
Pour seruir a sa maieste
Quant ensemble eurent este
Par la diuine prescience
Dieu qui est vraye sapience
Et scet ce qui peult aduenir
Passe presens & aduenir
Voulant que on congneust sa gloire
A perpetuelle memoire
Et que homme fust congnoissant.
Comment dieu est iuste & puissant
Et pour reueler sa iustice

A ceulx qui viuent en malice
Quãt les beaulx anges eut creez
Lucifer fut si desuoyez
Soy voyant cler resplendissant
Qua dieu fut desobeissant
De la celeste mencion
Lucifer et sa region
Trebucha ca ius en tenebres
En repentailles en latebres
En enfer trebucha sa route
Dangelz & sa sequelle toute
Et furent muez en dyables
Laiz / hideux & espouentables
Introduitz a pugnicion
Pour faire relation
Pour les mauuais espouenter
Et corriger et tourmenter
Selon la iustice diuine
Qui a nous sauuer est encline
Apres dieu de ses mains forma
Lhomme qui si belle femme a
Et la femme pour luy aider
Sicom mauez ouy plaider
Auec leur donna sensitiue
Raisonnable & intellectiue
Entre les grans prerogatiues
Qui sont es creatures viues
trois choses y mist moult ppremẽt
Car memoire et entendement
y mist auec voulente
Et des autres biens a plante
Memoire remembre les choses
Recorde sentences et gloses
Des passees aussi des presentes

Et des choses qui sont absẽtes
Qui aduenir sont et futures
Dont len peche es escriptures
Par lentendement faict entendre
Comment pouons choses apprendre
Qui nous fait aux yeulx inuisibles
Et possible et impossibles
Voulente si que du bien vse
Et que mal a faire reffuse
Car lung ou lautre peult eslire
Cy dessus lauez ouy dire
Telz biens a lame raisonnable
De toutes vertus est preignable
Et en tous maulx a senestre
Et sicom dieu ne pourroit estre
Comprins par nulle creature
Et lame dicelle na cure
Qui ne pourroit estre cõprinse
Ne dedans entendement mise
Dune creature visible
Scauoir ne luy est pas loysible
Lame sur quanque on peut veoir
Et son entendement asseoir
Si peut comprendre visible chose
A lame ne peut estre forclose
Car le ciel ne luy peult deffendre
Que traicter ne peult et entendre
Sur les choses celestiennes
Et aussi quant aux terriennes
Abisme ne la peult tenser
Que veoir ne peust par penser
Jusques aux choses infernaulx
Par spirituelz gouuernaulx
De sentence spirituelle

Et la substance corporelle
Des quatre elemens fait le corps
Aussi comme ien suis recors
Car la terre la chair luy dōne
Et leaue le sang qui rādonne
Et de lair vient le soufflement
Le feu qui est quatre element
Par le corps espant la chaleur
Pour nourrir est de grant valleur
Le chef ront comme lespere
Le chef de noble matiere
Et a deux yeulx par luminaire
Qui aux tenebres est contraire
Or est il vray quen iugement
Conuient iuge premieremēt
Et accuseur ou demandeur
Et si y conuient deffendeur
Et dieu si a tousiours este
La dessus en sa maieste
Sa gloire fist ia incongneue
Et ne feust iamais sceue
Sa iustice ne sa puissance
Ne homme neust ia congnoissance
De dieu qui tout a surmonte
Par sa valleur par sa bonte
Pource voult il deux creatures
Creer de diuerses natures
Lune fut espirituelle
Lautre si fut corporelle
pource le voult ainsi faire
Pour nous mōstrer vng exēplaire
Et voult que les angelz pechassent
Et que si dessoubz tresbuchassent
Lucifer et toute sa route

Fist tresbucher ca ius sans doubte
Aisi voult il faire de lhomme
Car il luy deffēdit la pomme
Et le fruit de larbre de vie
Adam en eut si grant envie
Que sur la deffence actempta
Par sa femme qui le tempta
Ilz pecherent enormement
Et desseruirēt dampnement
Dire ne scait nulle ne nulz
Les grans biens qui sont advenuz
De ses pechez que ie recorde
Car dieu par sa misericorde
Par ce nous a magnifeste
La gloire de sa maieste
Pource daigna des cieulx descēdre
Ca ius et forme humaine prendre
Dedans la vierge precieuse
Sainctifiee et glorieuse
De toute bonte pourueue
Dieu lavoit pour luy esleue
Naistre en voult et la mort souffrir
En croix sō corps pour nous offrir
Lo mort denfer suppedita
Et au tiers iour ressuscita
Puissāment et eureusement
A prouffit merveilleusement
Et ce par foy devons nous croire
Cōtre la mort obtint victoire
Et quant il fut ressuscitez
Et ses amys eut visitez
Et avec eulx fait seiour
Jusques au quarātiesme iour
Apres sa resurrection

Es sainctz cieulx fist ascencion
Qui aux disciples enuoya
Dix iours apres leur enuoya
Le sainct esperit pour reconforter
Leurs cueurs et en ioye enhorter
Sicomme promis leur auoit
Lors chascun deulx parler scauoit
Langaige pour soy cōuenable
Nostre foy tient et nest pas fable
Que sur nous ou temps aduenir
Viendra son iugement tenir
Les mors ⁊ les vifz iugera
De crimes nous accusera
Le dyable nostre aduersaire
Car en tous tēps nous est cōtraire
Et tant quil peult le mal procure
De toute humaine creature
Si doibt on de paour fremir
Et le puissant iuge cremir
Qui est plus iuste que balance
Et si fut feru de la lance
Pour nous sauluer et racheter
Et des peines denfer gecter
Tous ces biens veult dieu pour nous faire
Pour nous dedās sa gloire traire
Doncques en son aduenement
De ce grant iour du iugement
Tandis quon a au corps la vie
Aincoys que lame en soit rauye
Doibt on aduiser pour veoir
Comment il pourra pour veoir
Dentrer en gloire pardurable
Cest descheuer chose dampnable
Chose dampnable est pechez

Par pechez sont biens faitz saichez
Et nont ne vertu ne vigueur
Et se dieu mõstroit a rigueur
Quant il iugera mesdisans
Leurs motz leur seroiẽt trop cuysãs
Se seroient ilz se doibt on croire
Car tout reuiẽdra a memoire
Si conuiendra du tout respondre
A dieu ne peult on rien rescondre
Ne de meffaitz ne de mesditz
Si puis conclure par mes ditz
Que cest grant peche de mesdire
Car ce vient denuie et dire
Et pechez est chose dãpnable
Doncques par argument probable
Cil qui mesdit aucunement
Est en peril de dampnement
Ne il ne peult saintement viure
Chaton le nous dit en sõ liure
Que cest la vertu primeraine
Que homme sa langue refraine
¶ Tholomee en almageste
En mect en sentence preste
Et dit que sage doit pener
Que sa langue puist refrener
Sainct pol dit que de labondance
De cueur et par oultrecuydance
Parle la bouche follement
Si peult ouyr quellement
Les mesdisans sont entachiez
Et en peril pour leurs pechez
Doncques est il bon de soy taire
Sans autruy mordre ne detraire
Trop pourchasse homme sa mort

Qui daultruy mesdire sa mort
Et qui ses ditz mectre en terme
Lesquez mahieu par trop enferme
Si trouuera forment malade
Si en ay fait ceste balade
Je forgeray toute ma vie
Pour plaire a ma dame leesse
Et en soustenant sa partie
Blasmeray courroux et tristesse
Des dames et de leur haultesse
Donray dons motz clers et luysans
Pour cõfondre les mesdisans
Car les femmes quoy quon die
Mains valeur sens lotz et noblesse
Certes qui bien y estudie
Tout hõneur bonte et largesse
Vient delles et de leur prouesse
Leurs faitz sont bons et suffisans
Pour confondre les mesdisãs
Et de leur bonte naist enuye
Qui daultruy mesdit il se blesse
Celluy semble qui par follie
Souffle la pouldre ou flammesche
Dedans ses yeulx souuẽt la dresche
Telz exemples sont bien gisans
Pour confondre les mesdisãs
Or est temps que ie mentremecte
De mon propos mener au mecte
Pour abreger la question
Conuient faire conclusion
Et eschiuer plait et discorde
Et nourrir paix et concorde
Et en tout temps lyement viure
Car ainsi le veult nostre liure

Cest la voye plus droicte et seure
Le mal talent qui tousiours dure
Nest mye bon a maintenir
On doibt verite soubstenir
Et faulcete bouter arriere
Si verite se sciet en chaire
Et rayson me veult escouter
Il ne me conuient point doubter
Que naye pour moy iugemẽt
Car ie conclure saigement
Pour mes dames reconforter
Et a ioye les enhorter
Vous orrez ia toute bonne gogue
Par maniere de dyalogue
Sicom leesse parlera
Et ses faitz prouuez monstrera
Par exemples et par figures
Les hystoires des escriptures
Puis que le monde commẽca
Des le temps adam en enca
Et pour les masles faire taire
Cest argument de sens contraire
Propose a ma dame leesse
Et dit premier que biẽ vray est ce
Que mathieu a dit ꝛ compte
Que les femmes ont surmonte
par le^rs faitz les pl^9 grãs du mõde
Le point surquoy elles se fõde
Et quil argue par ses rymes
Mathieu de son propos mesmes
Car puis quil a dit que les fẽmes
Sont p deffault des hõmes dames
Des fors des puissãs ꝛ des saiges
Que vaicuz ont p leurs oultraiges

Sicomme fut le fort sanson
Le roy dauid et salomon
Le philozophe aristote
Chanter luy conuient autre note
Car par ses ditz ne scait trouuer
Chose dont il puist reprouuer
Mes dames quant au dire voir
Dont il ne fait a recepuoir
Par libelle diffamatoire
De noz dames dirõs la gloire
Les faitz les biens & les vaillãces
Des fumelles et leurs puissances
Qui sont dignes de reueller
Et ne les doibt on pas celer
Certes a parler de prouesse
Propose ma dame leesse
Que les fumelles sont pl⁹ preuses
Plus vaillans et plus vertueuses
Que les masles ne furẽt oncques
Cest article prouuerons doncques
Par semiramus la royne
Qui se pignoit soubz la courtine
De lune part estoit trecee
Et dautre part descheuelee
Quant en ce point fut appellee
Dung messagier qui luy vint dire
Quen plusieurs lieux de son ẽpire
Ses ennemys faisoient guerre
Qui luy destruysoiẽt sa terre
Dommaigeoient & expilloient
Et occioient et pilloient
Ses hõmes dõt pour eulx deffẽdre
Semiramus sans plus attendre
Hastiuement enueloppee

Son heaulme print et son espee
Et sarma moult ysnellement
Sur eulx cheuaucha tellement
Comme dame de grant couraige
Par prouesse et vasselage
Ses ennemys suppedita
Et sa terre bien acquita
Contre elle en perse ny en mede
Masle ny peult mettre remede
¶ Le renom de panthasillee
Tant com la terre est grant ⁊ lee
Doibt on tousiours ramenteuoir
Moult preuse fut a dire voir
Royne estoit de mazonie
Auec elle grant compaignie
De dames ⁊ de damoyselles
Darmes puissās bonnes ⁊ belles
Et pour lamour de la vengeance
Dhector qui fut de grant vaillāce
Cheualier de noble memoire
Duquel achilles eut victoire
Vint pour les troyens secourir
Et ne doubta point a mourir
Achilles eut vng filz nomme
Pirrus darmes bien renomme
La dame a luy se combatit
Et du cheual souuent labatit
Et fist muer estal et place
Aux fumelles acquist grāt grace
Au siege deuant la grant troye
Dont elles doibuent auoir ioye
¶ Thamaris sicom vous diron
Vainquit le puissant thiron
Cyrus fut roy de babilonne

Thamaris luy fist tel besongne
En son pays que bien reuencha
Qua cyrus la teste trencha
Et est bien trouue en lhystoire
Quen vng bassin dor le fist boire
Et tout remply de sang humain
Dedans le gecta de sa main
Et dist/or voy la felonnise
Et saoulle ta tyrannie
Que fist lempheto et arsionne
La renommee par tout sonne
De ypolite et dysipile
Et des faictz la noble camille
C Hercules fut puissant de corps
De son temps nestoit home plus fors
Cacus le geant a la luyte
Il vainquit et mist en fuyte
Cerberus le portier denfer
Qui ne doubtoit acier ne fer
On dit quil fist tant de merueilles
Quoncques homme nen fit pareilles
Noncques ne peut estre vaincu
Par homme qui portast escu
Mais par femme fut tel menez
Si vaincu et si dominez
Quil se rendit comment quil aille
Par force darmes en bataille
Grant los en ont toutes fumelles
De leurs prouesses qui sont telles
Tout pris darmes toutes noblesses
Vient delles et de leurs prouesses
Plus dung millier bien esprouees
En sont es hystoires trouuees
Mais bien doit suffire pour preuue

De celles qui cy endroit treuue
Et sil estoit quaucuns musars
Voulsissent arguer des ars
Aux fumelles affiert le los
Des sciences bien dire los
Et prouuer que femme est plus saige
Car carmentis trouua lusaige.
Des lettres de noz escriptures
Toutes les vingtcinq figures
Dont len peut en latin escripre
En francoys/en tables/en cire
En papier ou en parchemin
Carmentis trouua le chemin
A chascune mist propre nom
De sens doibt auoir grant renom
¶ Les neuf musee de la praticque
De science de rethorique
Ont ioye au cueur soubz leurs mammelles
Quant leurs noms portent des fumelles
¶ Bien doibt estre recommandee
La grant science de guedee.
Moult fut saige femme a merueille.
En son temps not oncques pareille
De tous les sept ars fut maistresse
A louer est comme deesse
Elle vault des hommes mille
Qui dist les secretz de virgille
Et en desclairant fist tel oeuure
Que la saincte foy nous descoeuure
¶ Sapho fist les droitz sophistiques
Espritz feminins sont mistiques
Vous maslez aymez voz parthes
Qui fabulloient aux faulx prophetes
Dame palas doit bien suffire

Pour les fumelles au voit dire
Car deesse est de sapience
Et ou estoit toute science
Et des femmes tient la partie.
¶ Si fait dame philosophie
Grammaire/logicque/musicque
Arismeticque/rethoricque
Et phisicque et astrologie
Aussi la saincte theologie
Et tous portent noms de femelle
Ce ne sont pas choses nouuelles
¶ Se sebille qui vrayement
Pronosticqua laduenement
De nostre seigneur iesucrist
Sicom le trouue en escript
¶ Et cassendra la fille du roy
Priam nonca le grant desroy
De troye la noble cite
Et racompta la verite
De malle destruction
Bien en doit estre mention
Auecques les autres sebilles
Qui de sens furent tant habilles
¶ Se dieu maist et son filz ihesus
Sage fut la fille cresus
Du roy son pere laduenture
Compta de sa vision dure
Et comment il seroit pendu
Que nen peut estre deffendu
¶ Pour neant me trauailleroye
Des exemples que bailleroye
Toutes ne sont en mon memoire
Celles qui sont dignes de gloire
Enuyeux ne leur peuent nuyre

Ne par leur faulcete destruyre
Car elles sont sages et preuses
Et en tous leurs faiz vertueuses
¶ Les masles ayment pilleries
Et larrecins et roberies
Occision et conuoitise
Et tout ce qui a mal atise
Les femelles sont debonnaire
En tous cas et en tout affaire
Cheuaulx/muletz/et serfz et beufz
Oyes et oyseaulx ponnans les oeufz
Aymez des femmes la pasture
Plus prouffitent en nourriture
Tout ce que femmes plantent ⁊ font
Ce quilz labourent ou semeront
Vient mieulx que ce que hõme plãte
Assez est prouue ie men vante
Rainsseaulx et sepz herbes le prouent
Si tesmoignent ceulx qui les prouuẽt
Femmes prient pour les blessiez
Et pour ceulx qui sont empeschiez
Les autelz des eglises baisent
Et de leur pouoir dieu rappaisent
¶ Les masles nont deglise cure
Quant ilz y vont cest aduenture
Aux dez/aux tables/aux pellotes
Aux marchiez/aux plaitz ⁊ pillotes
Et aux bordeaulx est leur entente
Qui disoit que leesse mente
Que on ne doit masles blasmer
Car ilz labourent en la mer
Et font les chasteaulx en ce monde
Je suis tout prest que y responde
Sen ce trouue trauail et peine

Ce fait ardeur qui les demaine
Pour le gaing de couuoitise
Qui a ce faire les attise
Et sont menez par auarice
Qui en eulx est tresmauluais vice.
¶ Homs est fait du limon de terre
Qui vers la fumelle fait guerre
La femme si porte visaige
Pour la vertu de bon courage
La femme est supellatiue
Et a plus grant prerogatiue
De dieu et de fornication
¶ Cy dessus ien ay fait mention
Comme la femme fut iadis
Faicte en terrestre paradis
Et comme dieu le roy de gloire
Fist la femme par adiutoire
Le masle et fumelle se blesse
Par leur gloutonnie et paresse
Et leur delict/mais par nature
Chascune femme si procure
Du mesnage bien maintenir
Et lostel a droit soustenir
Dōc par.ix.moys leurs enfans portent
A lenfanter se desconfortent
Grant douleur ont a lenfanter
Du contraire ne sceut chanter
Les enfans nourrissent les meres
Et leur sont doulces non ameres
Si leur eslieuent nourriture
De tout le faitz portent la cure
Elles fillent et lins et laynes
De plusieurs grās vertus sont plaines
Chascune fumelle tant brasse

Pour auoir du masle la grace
Tables/treteaulx/couches et lictz
Appareillent pour leurs delictz
Et tout tant quelles peuent faire
Affin quaux homs puissent plaire
Les femmes font des biens assez
Aux reposez et aux lassez
Les masles souuent les achettent
Et amiablement les traictent
Les hommes ayment et miel a cire
Mais la femelle plus desire
Lins/laines estoupes pour filler
Pour longues toilles compiler
Et auec ce leur plaist louurage
De presser du laict le formage
Souuent boiuent de la fontaine
Mais les masles a longue alaine
Boiuent les vins de la tauerne
Dieu scait cõchascun se gouuerne
Les vngs frequentent les bocages
Pour chasser les bestes sauuaiges
Et les autres suyuent oyseuse
Et demandent vie noiseuse
Mais les femmes font saigement
Leurs oeuures dieu scait se ie mẽs
Jen croy a tesmoing la cabrie
De paris que dherbes ou dherbie
Par maistre ou autre maistrie
Dont elle scait bien lindustrie
A fait nature rapeticer
Et les mammelles fort restrecier
Pour estre aux hõmes plus plaisãs
Pour les ialoux faire taisans
Se leesse les bonnes nomme

Qui sont de grece ou de romme
Pour son intencion fonder
A grant loz luy doit redonder
Quil nya point de flaterie
De faueur ne de menterie
Car on trouueroit en france
plusieurs vaillans de leur enfance
Et son opposoit le contraire
Quant leesse par preuue faire
Nomme les bonnes seullement
Et des mauluaises nullement
Ne faict aucune mencion
Pour soubstenir soppinion
Elle respond pour soy deffendre
que les masles veullent leur gendre
Esleuer hault soit tort ou droit
Et qui replicquer y vouldroit
Je diroye par sens contraire
Mais quil ne leur doye desplaire
quen leurs libelles nen leurs fables
Nen leurs faitz qui sont deceuables
Ou ilz alleguent prescheries
Et merueilleuses sorceries
Desquelles ilz ne sont a croire
Car en parlant par vray hystoire
Ilz ne nomment pas cacelin
Non font ilz par sainct mathelin
Denys le tyrant ne neron
Lempereur ne le faict seron
Qui moult ayma les macabieux
Nherodes qui ne vault pas mieulx
Ruffin le faulx nautres coulpables
Desquelz les faictz sont moult dampnables
Et nous taisons dame anthionne

Et cleopatre qui fut bonne
Ruth/rachel/sarra/octouie
La noble lucresse et marcie
Et iulie femme de pompee
Qui puis fut a cathon donnee
Susanne/iudich/et hester
Celles deussent bien/conquester
Noble renom et seigneurie
Par les faiz de leur bonne vie
Dessus en auons assez dit
Trop est fol qui dautruy mesdit
Vous dictes fēmes mal estables
Vuydes faulces et decepuables
Dieu scait quil en est autrement
Se leur amour tient fermement
Et droictement en chastete
Es masles est la faulcete
Qui veulent femmes presenter
A blasme et leur loz oster
Aux pucelles leur pucelaige
Et aux femmes leur mariage
Tollent par fraudes ⁊ par dons
Et eulx mesmes sen dōnent pdōs
Car en ce ne cuydent meffaire
Et souuent departent la paire
¶ On voit peu de femmes iolies
Prier les femmes de folies
Mais par prieres et menasses
Les masles prēnēt a leurs masses
Les fumelles despourueues
Bien souuēt sen treuuēt deceues
Nulle foy ne nulle constance
Nest en masle par aliance
Tenir et garder vers fumelle

Car leur condicion est telle
Que quant faulcement les decoiuent
Ilz croyent faire ce quilz doiuent
Plus de mil femmes mariees
Fermes sans estre variees
Treuuent aux marys foy instable
Chascune est au sien veritable
Sans mal & sans acquerir blasme
Mais nul ne tient foy a sa femme
Sans nombre est il femmes assez
Quapres leurs maris trespassez
Se entretiennent honnestement
Et sainctement & chastement
Combien quel nayent virginite
Si gardent ilz fecondite
Mais homs des que sa femme est morte
Du ieu des rains ne se deporte
Car a tel ieu prennent deduyct
Aux fumelles et iour et nuyct
Se par les poetes desinez
Les faictz des femmes condampnez
Sont par masles aucunement
Et lois dient iniquement
Que cest deshonneur et honte
Femmes scauent bien que honneur monte
Car nulz homs ne blasment leur gendre
Tant que maistre ioubart puist tendre
En ce mesdist en mille place
Mais veult bien que paix se face
Et les loue sert et honnoure
Sage est qui a ce laboure
Et estudie bien a seruir
Pour paix et grace desseruir
Tel peche les femmes encombre

Le roy salomon fut soubz lombre
De la beaulte des femmes pris
Aux dames en affiert le pris
Dung si saige fut surmonte
Par leur sens et par leur bonte
Fureur qui es hommes habonde
Les faict affoller en ce monde
Par ardeur et par lecherie
Sicom le loup en bergerie
Sil peult toutes estranglera
Ja brebis nen eschappera
Combien que dune assez eust
Qui de sa fain le repeust
Ainsi masles de mal couraige
Ne peuent assouuir leur raige
Toutes veullent ahontager
Les fumelles pour le danger
quant leur plaisir ne peuent faire
Du blasmer ne se peuent taire
¶ Se aristote q̃ fut grant maistre
Ne peult oncques si saige estre
Que les las de femme ne cheist
Nonpas par mal quil y veist.
¶ Virgille aussi qui fut saige
Fut mis par amour en seruaige
Et achiles pour polixene
Qui estoit belle comme helayne
Fut si raux quil en fut mort
¶ Se hercules ou sanson le fort
Furent par femmes abatus
En vain se sont eulx combatus
Nul ne doit fumelles blasmer
Car en to⁹ cas sont a aymer
A elles nenest point la coulpe

Mais on deust faire la souppe
A tout homme qui la desprise
Quant par femme fut entreprise
La fleur de sens et de prouesse
¶ Je ny en voy nulle qui blesse
Son amy ne a force le preigne
Na raiz ne fillace deraigne
Ne las ne tendent pou[illegible] prēdre
Et si ne sen peuent deffendre
Ne doibuent se dieu regardassent
Jamais fumelles ne blasmassent
Ne diffamassent par enuie
Car elles sont salut et vie
Aux masles pour eulx conforter
Et pour compaignee porter
Et si semble cruaulte
Aux masles se pour la beaulte
Des fumelles ilz se desuoyēt
En leurs faitz ⁊ qui ne pouruoiēt
A leurs manieres ordonnez
Et a leurs langues reffrenez
Et eulx en rayson contenir
Affin de vaincre et retenir
Leur constance qui est trop molle
Par voulente qui les affolle
Mes dames ie pry humblement
Si iay soubstenu follement
Vostre cause par ygnorance
Employez cy vostre vaillāce
Et les deffaultes employez
Et vostre honneur tant publiez
Que tous en ayent congnoissance
Masles nauront vers voꝰ puissāce
Quant cest edit leur sera leu

118

Et affin quil soit bien receu
Faictes vostre protestacion
De prouuer vostre intencion
Et retenez pour duplicquier
Si aulcun y veult triplicquier
Mais faitz de partie aduerse
Il nya iuge dicy en perse
Qui osast faire iugement
Verite scait bien se ie mens
Mais a peine sera trouuee
Ne ceste querelle prouuee
Vueillez moy p grace auouer
Ou ie puis bien dire et vouer
Que iamais io^9 nauray cesse
Ainsi demourray en tristesse
Qui de mon las cors sera proye
Sil ne scait payer la lamproye

Dames prenez en gre ce liure
Que le resolu vous deliure
Et ne mettez en nonchalloir
Son affection & son vouloir
En grant trauail & soing & cure
Pour vous a fait ceste escripture
Car il scait bien q̃ a tous les masles
Qui portent et bourses et malles
Estes soulas ioye et repos
A tant fineray mon propos
Jusques a tāt que plus saige viēne
Qui ceste matiere soubstienne
Si croy ie que iamais finee
Ne sera ne determinee
Car venus est lamour du monde
Et auarice est trop parfonde

Icy feray fin a mon oeuure
Moult gaigne qui honneur recoeuure

¶ Cy finist le resolu en mariage nouuelle-ment imprime a Paris / par Michel le noir Libraire demourãt en la rue sainct Jacques Le unziesme iour de may. Lan mil cinq cens et dixhuyt.

Michel. Lenoir

ESERV
256

www.ingramcontent.com/pod-product-compliance
Ingram Content Group UK Ltd.
Pitfield, Milton Keynes, MK11 3LW, UK
UKHW022115190726
13855UKWH00003B/862

9 782013 062626